趣味猜谜

王为 主编

北京工艺美术出版社

图书在版编目（CIP）数据

趣味猜谜/王为主编． — 北京：北京工艺美术出版社，2018.6

ISBN 978-7-5140-1334-4

Ⅰ.①趣… Ⅱ.①王… Ⅲ.①谜语–中国–青少年读物 Ⅳ.①I277.8

中国版本图书馆CIP数据核字（2017）第174928号

出 版 人：陈高潮
责任编辑：张 恬
装帧设计：子 时
责任印制：宋朝晖

趣味猜谜

王 为 主编

出 版	北京工艺美术出版社	
发 行	北京美联京工图书有限公司	
地 址	北京市朝阳区化工路甲18号	
	中国北京出版创意产业基地先导区	
邮 编	100124	
电 话	(010) 84255105（总编室）	
	(010) 64283627（编辑室）	
	(010) 64280045（发 行）	
传 真	(010) 64280045/84255105	
网 址	www.gmcbs.cn	
经 销	全国新华书店	
印 刷	北京中振源印务有限公司	
开 本	720毫米×1020毫米 1/16	
印 张	21	
版 次	2018年6月第1版	
印 次	2018年6月第1次印刷	
印 数	1～5000	
书 号	ISBN 978-7-5140-1334-4	
定 价	56.00元	

前言

　　"月挂半边天，嫦娥伴子眠。酉时天下雨，读书不必言。"这是唐诗吗？不，这只是一首字谜诗而已，而且是古代一家店铺的招牌，其中的每句话正好打一个字，连起来的意思就是"有好酒卖"。

　　谜语在古代又称灯谜，在我国源远流长，是一种广为流传的民间文学形式，也是古人寓教于乐的一种智力游戏，几千年来一直备受人们的喜爱。谜语的篇幅大多短小精悍，但是构思巧妙，往往以生动、形象、巧妙的隐喻，刻画出某一事物的特征，让猜谜者通过思考去寻找谜底。谜语有着千变万化的形式，多为带韵的歌谣体，有着鲜明的节奏和韵律，语言通俗易懂，具有鲜明的艺术特色，既能陶冶情操，又能增长知识，开发智力，可以充分体会汉语言的博大精深。

　　对少年儿童来说，谜语不但是一种较好的益智游戏，还可以帮助其开阔视野、增长知识、锻炼思维、丰富课余生活。另外，猜谜语还是人与人交往时的润滑剂。如果孩子不善于交际，就可以教孩子猜谜语。这不仅有益于孩子的智力发

展，增强孩子的联想能力，还能使孩子掌握一门与人沟通的技巧，帮孩子打开交际之门。

本书根据中小学生的阅读兴趣，精选了1000多条有趣的谜语，涉及动物、植物、自然、交通、军事、食品、地名和文娱体育等方面，谜底都是中小学生在日常生活和学习中经常接触到的和感兴趣的事物。其中还有很多是新兴流行事物。阅读本书，能够帮助少年儿童在猜谜中受益良多。书中还设置了"谜语故事""笑话乐翻天"等小栏目，并配以幽默夸张的精美插图，图文并茂，增加了本书的趣味性和艺术价值。

愿小朋友们都能插上想象的翅膀，在广阔无边的谜语天空里自由翱翔，既能学到猜谜技巧，又不知不觉地学到谜面上蕴含的丰富知识，在猜谜过程中开发智力、提升素养，激发大脑潜能，成为同学们中间聪明博学的"猜谜达人"！

目录

你猜！

CARD

CARD

妙招一

在比较直观的谜语中，我们通常靠理解谜面的意思来猜出谜底，这样的谜语一般比较简单。

经典谜题

脸上长钩子，头上挂扇子。四根粗柱子，一条小辫子。（打一动物）

谜底解析

我们可以从谜语提示中得知这是一种动物，然后再直观地理解谜面。先从中找出最具直观性特点的句子"四根粗柱子"，联想到这应该是动物的四条腿，然后再联系其他词语"扇子"和"小辫子"，谜底就可想而知了。

谜底 大象

妙招二

我们还可以追溯谜面的来源并与其原来的出处进行联系，然后再扣合谜目（给谜底限定的范围，如"打一动物"）进行思考，马上就能知道谜底了。

经典谜题

桃花潭水深千尺。（打一成语）

谜底解析

"桃花潭水深千尺"出自李白的《赠汪伦》，其下句是"不及汪伦送我情"，意思就是"没有什么可以和汪伦送我之情相比"，整合一下，谜底就可想而知了。

谜底 无与伦比

妙招三

有一类谜语需要联系谜面的对立面来解谜。我们首先要从这个谜语的字面上分析,将字面的意思理解了,然后再找出其反面的意思,谜底就揭晓了。

经典谜题

莫用小人。(打一中药名)

谜底解析

谜面是"莫用小人","小人"的对立面是什么呢?是"君子"。"莫用小人"相反的意思就是要"使用君子",谜底就呼之欲出了。

谜底 使君子

妙招四

将谜面提示的部分字的笔画予以增加或将某些字相加,来扣合谜底。这种方法适合于字谜。

经典谜题

好山好水。(打二字)

谜底解析

这里"好"的意思是"佳","好山"就是"佳山",自身相加就是"崔";"好水"就是"佳水",自身相加就是"淮"。

谜底 崔、淮

妙招五

将谜面提示的部分字的笔画减少，或用谜面中的某些字相减得出谜底。这种方法也适合于字谜。

池中没有水，地上没有泥。（打一字）

将"池"的"氵"去掉得到"也"字，将"地"的"土"去掉也得到"也"字，所以谜底为"也"。

谜底 也

妙招六

我们可以根据谜面中提示的事物的特征、汉字的结构（象形）等，进行拟人拟物化的联想，由此而得出谜底。

冰上两点嫌它多，石头压水水爬坡。（打一工具）

"冰"上少了两点就是"水"，"石"压住"水"就是"泵"，而水泵的作用是使"水爬坡"，因此谜底就是"水泵"。

谜底 水泵

妙招七

利用声音相同或意义相近的字来代替本来应该用的字，或将谜面中的某些字拆变，再利用谐音扣合谜底。

经典谜题

增加十两。（打一城市）

谜底解析

"增加十两"即"添斤"，与"天津"谐音。

谜底 天津

妙招八

有一类谜语常将动物拟人化，我们可以根据其中提示的种种特征，比如颜色、形状等，来扣合谜底。

经典谜题

有位小姑娘，身穿黄衣裳。你若欺负她，她就戳一枪。（打一动物）

谜底解析

谜面中"穿黄衣裳"，再加上提示为打一动物，表示是黄色的小动物或小昆虫。再从习性分析：若是惹到它了，它会蜇人。会蜇人的是什么动物呢？就是马蜂。

谜底 马蜂

妙招九

猜谜语还有一种常见的方法，就是排除一面取一面，排除多方取一方，排除容易而取难的方法。

经典谜题

说不叫说，拿不叫拿。（打一字）

谜底解析

这里排除"说"而取"曰"，排除"拿"而换成"取"，组合起来就是"最"字。

谜底 最

妙招十

利用汉语表达的多样性或汉字形状、字音上的某些特点去猜谜语，即不把谜面作原意解释，而以另外的意思来扣合。

经典谜题

坐船规则。（打一数学名词）

谜底解析

"坐船"，便是乘船的意思，"规则"还可解释为法则，乘船的法则，便是"乘法"。

谜底 乘法

zi mi pian

字谜篇

1　两点全去金山寺。
　　（打一字）

2　半青半紫。
　　（打一字）

3　秀才翘尾巴。
　　（打一字）

4　一点去游玉门关。
　　（打一字）

5　孩子去吃点心。
　　（打一字）

6　十月十日到江西。
　　（打一字）

7. 出门听见狗叫声。
（打一字）

8. 大小相等。
（打一字）

9. 听听像爸爸，
看看像妈妈。
（打一字）

10. 前锋小贝。
（打一字）

11. 东边日出西边雨。
（打一字）

12. 扬鞭催马上前哨。
（打一字）

13. 米老鼠。
（打一字）

14. 驾驶员个个有份。
（打一字）

15. 二木不成林。
（打一字）

16. 左边是绿，右边是红。
右边怕水，左边怕火。
（打一字）

17. 半价出售。
（打一字）

18. 飞蛾扑火。
（打一字）

19. 完璧归赵。
（打一字）

20. 开源节流迁小厂。
（打一字）

21. 上下串通。
（打一字）

22 身残心不残。
（打一字）

23 二处火山紧相连。
（打一字）

24 人不在其位。
（打一字）

25 去天池写生。
（打一字）

26 少先队中队长。
（打一字）

27 二人顶三人。
（打一字）

28 一点一点落实。
（打一字）

29 李时珍名著。
（打一字）

30. 包龙图上场。
    （打一字）

31. 春联。
    （打一字）

32. 旭日已出。
    （打一字）

33. 和尚有两手。
    （打一字）

34. 有心得志。
    （打一字）

35. 在家复习。
    （打一字）

36. 有心知错要改正，
    有木开花香气浓。
    有水要比江河大，
    有草果儿甜又香。
    （打一字）

37 炎黄子孙。
（打一字）

38 七十二小时。
（打一字）

39 需要一半，留下一半。
（打一字）

40 一口咬住多半截。
（打一字）

41 明日走。
（打一字）

42 心如刀刺。
（打一字）

笑话
乐翻天

　　精神科医生在检验病人的治疗效果时，指着椅子说："这是汽车。"患者丝毫不动。

　　医生以为患者病情好转了，就高兴地问："为什么不去开车呀？"

　　患者回答："我没驾照。"

43 皇帝新衣。
（打一字）

44 石达开。
（打一字）

45 一边是水，一边是山。
（打一字）

46 离开大庆游石林。
（打一字）

47 读时是一，用时是二。
（打一字）

48 走出深闺人结识。
（打一字）

49 一千零一夜。
（打一字）

50 床前明月光。
（打一字）

51. 一月一日非今天。
（打一字）

52. 上下难分。
（打一字）

53. 要一半，扔一半。
（打一字）

54. 综合门市。
（打一字）

55. 差一点不准。
（打一字）

56. 格外大方。
（打一字）

57. 上气接下气。
（打一字）

58 四方来合作，贡献大一点。
（打一字）

59 贪前稍变就成穷。
（打一字）

60 一来再来。
（打一字）

61 守门员。
（打一字）

62 九点。
（打一字）

63 重点支援大西北。
（打一字）

64 六一早上来集合。
（打一字）

65 一根木棍吊个方箱，
一把梯子搭在中央。
（打一字）

66 一头牛。
（打一字）

67 有吃有穿生活好。
（打一字）

68 人我不分。
（打一字）

69. 一撇一竖一点。
（打一字）

70. 八字头。
（打一字）

71. 千里挑一，百里挑一。
（打一字）

72. 四个人搬个木头。
（打一字）

73. 一人。
（打一字）

74. 一人一张口，口下长只手。
（打一字）

75. 一人在内。
（打一字）

76. 一人挑两小人。
（打一字）

77. 一人腰上挂把弓。
（打一字）

78. 一斗米。
（打一字）

79. 一月七日。
（打一字）

80. 一加一。
（打一字）

81. 一字十三点，
难在如何点。
（打一字）

82. 一家十一口。
（打一字）

83 一夜又一夜。
（打一字）

84 一个礼拜。
（打一字）

85 半部春秋。
（打一字）

86 银川。
（打一字）

87 一百减一。
（打一字）

88 一点一横长，
一撇到南洋。
南洋有个人，
只有一寸长。
（打一字）

89. 一边是红，一边是绿。
一边喜风，一边喜雨。
（打一字）

90. 八兄弟同赏月。
（打一字）

91. 十二点。
（打一字）

92. 刀出鞘。
（打一字）

93. 七人头上长了草。
（打一字）

94. 九十九。
（打一字）

95. 九只鸟。
（打一字）

96　九号。
　　（打一字）

97　凶横。
　　（打一字）

98　如箭在弦。
　　（打一字）

99　存心不善，
　　有口难言。
　　（打一字）

100　守门狗。
　　　（打一字）

谜语故事

骆宾王出字谜

唐代诗人骆宾王从小就很聪明，他在七岁的时候写了名诗《咏鹅》。长大后的他，一次宴请好友，所有被邀请的亲朋全都到齐了，只有一位好友未到。原来，几天前那位好朋友因为一点儿小事与骆宾王产生了矛盾。骆宾王便作了一首四言诗：

自西走向东边停，峨眉山上挂三星。

三人同骑无角牛，口上三画一点青。

在场的人都不知道怎么回事，这时，从后面挤出了一个人，原来那人就是骆宾王的好友。只见这位好友拱手说道："既然兄台如此'一心奉请'，那我也就来啦！"这位好友为何猜出了骆宾王的意思，而原谅了他呢？

原来，"自西走向东边停"，是"一"字。因为"一"的笔画是从左至右，也就是从西到东；"峨眉山上挂三星"，是"心"。"心"字下面的弯钩像是山峰，上面的三点像是三颗星星；"三人同骑无角牛"，是"奉"。"奉"字上面是"三"和"人"，而"牛"字去了上面的一撇即成"奉"下面的部分，也就是"没有角的牛"；"口上三画一点青"，是"请"。"口上三画一点"指的是"言"，也就是"讠"。

农夫、渔夫与书生

在一个村子里住着几户人家。其中有一个农夫，一个渔夫，他们的邻居是两个读书人。他们四个人在闲暇之时总在一起聊天。一天，四人又恰巧碰到一起了，两书生就想为难为难农夫和渔夫，其中一个书生说："今天咱们猜字谜好不？"农夫说："我们两个可不如你们两个，认识不了几个字，你们可不许出过难的题啊。"书生甲说："好！"接着说了一个字谜："一弯新月傍三星。"乙书生接道："轻舟一叶浪花溅。"农夫说："你们两个出口成章，吟诗作词，那我就来个粗俗点儿的吧——'铁锅炒黄豆，一粒在里，两粒在外'。"渔夫听罢，说："三句不离本行，那我就说说我常常见到的情景吧——'竹篮兜小虾，兜一只，跳出俩'。"

渔夫说完后，四个人都开心地笑了，原来他们说的竟然都是一个字——"心"。

谜语答案

1谜底：峙

2谜底：素

3谜底：秃

4谜底：闰

5谜底：咳

6谜底：潮

7谜底：润

8谜底：奈

9谜底：毋

10谜底：锁

11谜底：汨

12谜底：鸣

13谜底：籽

14谜底：口

15谜底：相

16谜底：秋

17谜底：催

18谜底：烛

19谜底：圆

20谜底：白

21谜底：卡

22谜底：息

23谜底：峡

24谜底：立

25谜底：泻

26谜底：夫

27谜底：奏

28谜底：买

29谜底：苯

30谜底：黜

31谜底：闵

32谜底：九

33谜底：撑

34谜底：士

35谜底：扇

36谜底：每

37谜底：仲

38谜底：晶

39谜底：雷

40谜底：名

41谜底：月

42谜底：必

43谜底：袭

44谜底：研

45谜底：汕

46谜底：磨

47谜底：乙

48谜底：佳

49谜底：歼

50谜底：旷

51谜底：明

52谜底：卡

53谜底：奶

54谜底：闹

55谜底：淮

56谜底：回

57谜底：乞

58谜底：器

59谜底：贫

60谜底：冉

61谜底：闪

62谜底：丸

63谜底：头

64谜底：章

65谜底：面

66谜底：生

67谜底：裕

68谜底：俄

69谜底：压

70谜底：学

71谜底：伯

72谜底：杰

73谜底：大

74谜底：拿

75谜底：肉

76谜底：夹

77谜底：夷

78谜底：料

79谜底：脂

80谜底：王

81谜底：汁

82谜底：吉

83谜底：多

84谜底：旨

85谜底：秦

86谜底：泉

87谜底：白

88谜底：府

89谜底：秋

90谜底：脱

91谜底：斗

92谜底：力

93谜底：花

94谜底：白

95谜底：鸠

96谜底：旭

97谜底：区

98谜底：引

99谜底：亚

100谜底：戾

1. 爬山比赛。
   （打一四字成语）

2. 小白很像他哥哥。
   （打一四字成语）

3. 高价出售名画。
   （打一四字成语）

4. 千里通电话。
   （打一四字成语）

5. 五厘钱。
   （打一四字成语）

6. 有十只羊，
   九只蹲在羊圈，
   一只蹲在猪圈。
   （打一四字成语）

29

7. 失物招领。
（打一四字成语）

8. 彩电。
（打一四字成语）

9. 一群鸭子开会。
（打一四字成语）

10. 节日礼花。
（打一四字成语）

11. 零存整取。
（打一四字成语）

12 石榴熟了。
（打一四字成语）

13 一个巴掌拍不响。
（打一四字成语）

14 中秋菊盛开。
（打一四字成语）

15 大合唱。
（打一四字成语）

16 种瓜不卖瓜。
（打一四字成语）

17 生产必须出正品。
（打一四字成语）

18 讲课又是老一套。
（打一四字成语）

19 仰泳比赛。
（打一四字成语）

20 含泪离别。
（打一四字成语）

21 牙医的病牙别人摘。
（打一四字成语）

22.　迟到的来宾。
　　（打一四字成语）

23.　一手拿针，一手拿线。
　　（打一四字成语）

24.　专拜名师。
　　（打一四字成语）

25.　总而言之。
　　（打一四字成语）

26.　报喜不报忧。
　　（打一四字成语）

笑话乐翻天

小明："老师让我听写四个字，我错了五个。"

姐姐："怪事！哪四个字？"

小明："就是成语'肆无忌惮'，可我当时听成了'四五鸡蛋'，觉得不通顺，于是写成了'四五个鸡蛋'。"

27. 口才。
　　（打一四字成语）

28. 龙。
　　（打一四字成语）

29. 老人联欢会。
　　（打一四字成语）

30. 春天到老挝首都。
　　（打一四字成语）

31. 新盖草房。
　　（打一四字成语）

32. 肩膀和脖子。
　　（打一四字成语）

33 关羽、李逵的兵器。
（打一四字成语）

34 盼雨。
（打一四字成语）

35 长江、黄河皆流入海。
（打一四字成语）

36 乒乓。
（打一四字成语）

37 忘关水龙头。
（打一四字成语）

38. 风波亭遇害。
（打一四字成语）

39. 卷我屋上三重茅。
（打一四字成语）

40. 传递火把。
（打一四字成语）

41. 覆巢之下无完卵。
（打一四字成语）

42. 人口普查。
（打一四字成语）

43. 斑马线。
（打一四字成语）

44　优秀教员。
　　（打一四字成语）

45　密封邮件。
　　（打一四字成语）

46　禁捕虾蟹。
　　（打一四字成语）

47　垂帘听政。
　　（打一四字成语）

48　导游。
　　（打一四字成语）

49　爬楼梯。
　　（打一四字成语）

50 游泳比赛。
（打一四字成语）

51 哑巴吵架。
（打一四字成语）

52 蜜蜂停在日历上。
（打一四字成语）

53 几。
（打一四字成语）

54 地对空导弹。
（打一四字成语）

55 举重比赛。
（打一四字成语）

56 愚公之家。
（打一四字成语）

57 原。
（打一四字成语）

58 蜜蜂。
（打一四字成语）

59 月宫。
（打一四字成语）

60 雨夹雪。
（打一四字成语）

61　茗。
（打一四字成语）

62　面对大海。
（打一四字成语）

63　叶公大惊。
（打一四字成语）

64　关。
（打一四字成语）

65　豪猪。
（打一四字成语）

66. 日。
（打一四字成语）

67. 呀。
（打一四字成语）

68. 百年大树，风刮不倒。
（打一四字成语）

69. 打锣。
（打一四字成语）

70. 饺子露馅。
（打一四字成语）

71. 鹦鹉学舌。
（打一四字成语）

72. 六九。
（打一四字成语）

73. 苹。
（打一四字成语）

74. 蟠桃宴。
（打一四字成语）

75. 寸步不离。
（打一四字成语）

76. 久久不开门，开门有信来。
（打一四字成语）

77. 双手赞成。
（打一四字成语）

78. 赤、橙、绿、蓝、紫。
（打一四字成语）

79 楼下客满。
（打一四字成语）

80 照相底片。
（打一四字成语）

81 春蚕吐丝。
（打一四字成语）

82 公用毛巾。
（打一四字成语）

83 大火警报。
（打一四字成语）

84 渔。
（打一四字成语）

85. 爱好旅游。
    （打一四字成语）

86. 关羽赴宴。
    （打一四字成语）

87. 列车广播。
    （打一四字成语）

88. 多看无滋味。
    （打一四字成语）

89. 水中捞月。
    （打一四字成语）

90. 细菌开大会。
    （打一四字成语）

 ## 我谜能吞你谜

唐朝庐陵有一个名叫曹著的人，从小就聪明过人，十分机敏善辩，尤其善于猜谜。他二十几岁时已名声大振，无人能敌。

一天，有个人不服气，想和曹著比高低，便找上门来，出了一则谜语给曹著猜："卧也坐，行也坐，立也坐，坐也坐。"要曹著猜一种动物。曹著听后，没有立即说出谜底，而是也出了一则谜语给那个人猜："坐也卧，行也卧，立也卧，卧也卧。"也猜一种动物。那人想了很久都想不出来，曹著提示说："我的谜底能吃你的谜底。"

听到这句含意双关的话，那人方才省悟过来，顿时脸都红了，不仅连声称赞曹著高明，还钦佩地向曹著作揖，自叹不如，甘拜下风。

你知道他们的谜语各要猜的是哪种动物吗？

谜语答案

1谜底：捷足先登

2谜底：真相大白

3谜底：唯利是图

4谜底：遥相呼应

5谜底：一分为二

6谜底：抑扬顿挫

7谜底：待人接物

8谜底：有声有色

9谜底：无稽之谈

10谜底：五彩缤纷

11谜底：积少成多

12谜底：皮开肉绽

13谜底：孤掌难鸣

14谜底：花好月圆

15谜底：异口同声

16谜底：自食其果

17谜底：不可造次

18谜底：屡教不改

19谜底：背水一战

20谜底：不欢而散

21谜底：不能自拔

22谜底：不速之客

23谜底：穿针引线

24谜底：不学无术

25谜底：不由分说

26谜底：惨无人道

27谜底：尺短寸长

28谜底：充耳不闻

29谜底：非同儿戏

30谜底：万象更新

31谜底：初出茅庐

32谜底：出人头地

33谜底：大刀阔斧

34谜底：等而下之

35谜底：殊途同归

36谜底：短兵相接

37谜底：放任自流

38谜底：飞来横祸

39谜底：风吹草动

40谜底：付之一炬

41谜底：各个击破

42谜底：国计民生

43谜底：过人之处

44谜底：好为人师

45谜底：不可开交

46谜底：不可捉摸

47谜底：后来居上

48谜底：引人入胜

49谜底：步步高升

50谜底：力争上游

51谜底：有口难辩

52谜底：风和日丽

53谜底：饥不择食

54谜底：见机行事

55谜底：斤斤计较

56谜底：开门见山

57谜底：开源节流

58谜底：口蜜腹剑

59谜底：空中楼阁

60谜底：落花流水

61谜底：名列前茅

62谜底：回头是岸

63谜底：活灵活现

64谜底：美中不足

65谜底：芒刺在背

66谜底：目空一切

67谜底：唇齿相依

68谜底：根深蒂固

69谜底：旁敲侧击

70谜底：皮开肉绽

71谜底：人云亦云

72谜底：七上八下

73谜底：萍水相逢

74谜底：聚精会神

75谜底：如影随形

76谜底：通风报信

77谜底：多此一举

78谜底：青黄不接

79谜底：后来居上

80谜底：颠倒黑白

81谜底：作茧自缚

82谜底：面面俱到

83谜底：一鸣惊人

84谜底：如鱼得水

85谜底：喜出望外

86谜底：单刀直入

87谜底：道听途说

88谜底：屡见不鲜

89谜底：有影无踪

90谜底：无微不至

《我谜能吞你谜》谜底：
蛙、蛇

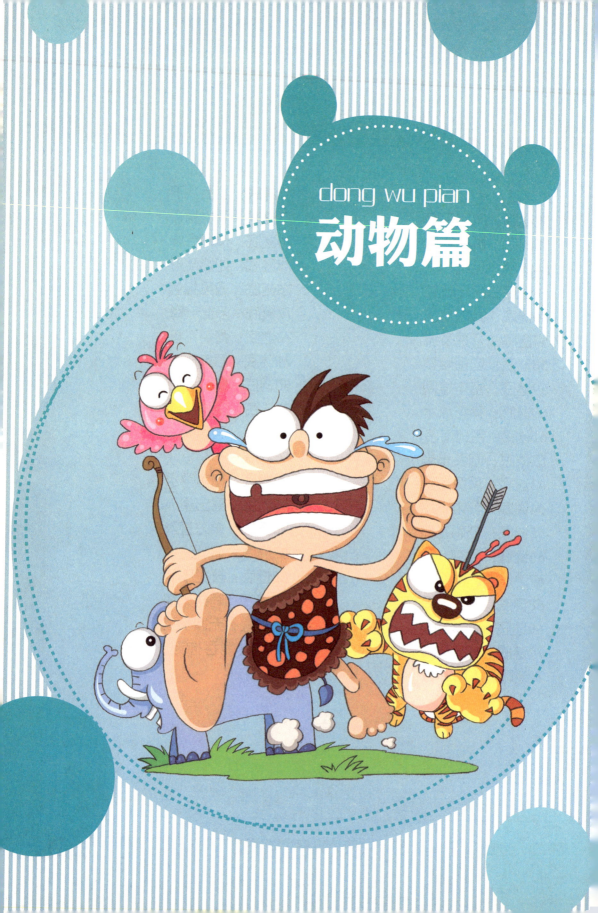

dong wu pian

动物篇

1. 天空捍卫小飞军，
   井然排列人字形。
   冬天朝南春回北，
   规规矩矩纪律明。
   （打一动物）

2. 有一种星真叫怪，不在天上偏下海。
   生来五角真可爱，见到海草乐开怀。
   （打一动物）

3. 头戴两棵珊瑚树，身穿一件梅花衣。
   移动四只金莲脚，上山下岭快如飞。
   （打一动物）

4. 小姑娘，夜纳凉。
   带灯笼，闪闪亮。
   （打一昆虫）

5. 白天在草丛，
   晚上在空中。
   金光闪闪动，
   见尾不见头。
   （打一昆虫）

6 耳朵长，尾巴短，
红眼睛，白毛衫。
三瓣嘴儿胆子小，
青菜萝卜吃个饱。
（打一动物）

7 一把刀，顺水漂。
有眼睛，没眉毛。
（打一动物）

8 从不离水，摇头摆尾。
鳞光闪闪，满身翡翠。
（打一动物）

9 耳朵长，尾巴短。
只吃菜，不吃饭。
（打一动物）

10 尖尖牙齿大盆嘴，
短短腿儿长长尾。
捕捉食物流眼泪，
人人知它假慈悲。
（打一动物）

11 头戴王冠，尾有花伞，
一旦打开，众人喜欢。
（打一动物）

12 身穿鲜艳百花衣，
爱在山丘耍儿戏。
稍稍有点情况紧，
只顾头来不顾尾。
（打一动物）

13 嘴长腿高，身披白袍。
能飞会舞，喜欢水草。
（打一动物）

14 小小船，白布篷。
头也红，桨也红。
（打一动物）

15 头戴红帽子，身穿白袍子。
走路摆架子，说话伸脖子。
（打一动物）

16 它家住在弯道里，
前门后门都不关。
狮子豺狼都不怕，
只怕小虎下了山。
（打一动物）

17 两腿短短脖子长，
穿了一身白衣裳。
头上有个红疙瘩，
游泳本领高又强。
（打一动物）

18 沟里走，沟里串。
背了针，忘了线。
（打一动物）

19 船板硬，船面高。
四把桨，慢慢摇。
（打一动物）

20. 有头没有颈，
　　身体冷冰冰。
　　没脚行千里，
　　有翅不飞行。
　　（打一动物）

21. 粽子脸，梅花脚。
　　前面喊叫，后面舞刀。
　　（打一动物）

22. 水陆坦克，没有作为。
　　遇上敌人，炮筒收回。
　　（打一动物）

23. 名字叫小花，
　　喜欢摇尾巴。
　　夜晚睡门口，
　　小偷最怕它。
　　（打一动物）

24 白天草里住，
晚上往外飞。
带着灯儿把路照，
飞来飞去不怕黑。
（打一昆虫）

25 好像一架小飞机，
前后翅膀挨一起。
睁大眼睛找小虫，
吞到细细肚子里。
（打一昆虫）

26 一支香，地里钻。
弯身走，不会断。
（打一动物）

27. 走起路来落梅花，
    从早到晚守着家。
    看见生人就想咬，
    看见主人摇尾巴。
    （打一动物）

28. 胖子大娘，
    背个大筐。
    剪刀两把，
    筷子四双。
    （打一动物）

29. 此物老家在非洲，
    力大气壮赛过牛。
    血盆大口吼一声，
    吓得百兽都发抖。
    （打一动物）

30. 两弯新月头上长，
    常常喜欢水中躺。
    身体庞大毛灰黑，
    劳动是个好干将。
    （打一动物）

31 小小售货员，肩上不挑担。
背上背着针，满地到处串。
（打一动物）

32 尖尖嘴巴像老鼠，
一身绒毛尾巴粗。
爱在森林里边住，
爱吃松子爱上树。
（打一动物）

33 尖尖长嘴，细细小腿。
拖条大尾，疑神疑鬼。
（打一动物）

34 又是翻地又打洞，
到处乱钻性爱动。
松松土来施点肥，
人人称我为地龙。
（打一动物）

35 小老鼠，真奇怪。
降落伞，随身带。
（打一动物）

36　进洞像龙，
　　出洞像凤。
　　凤生百子，
　　百子成龙。
　　（打一昆虫）

37　小时穿黑衣，大时换白袍。
　　独造一间屋，里面睡大觉。
　　（打一昆虫）

38　说它是头牛，无法拉车走。
　　说它气力小，却能背屋走。
　　（打一动物）

39　一个姑娘真可爱，
　　专把树叶当饭菜。
　　辛勤吐丝献终生，
　　织成丝绸做穿戴。
　　（打一昆虫）

40. 一物长来真奇怪，肚皮下面长口袋。
　　孩子袋里吃和睡，跑得不快跳得快。
　　（打一动物）

41. 小时着黑衣，大时穿绿袍。
　　水里过日子，岸上来睡觉。
　　（打一动物）

42. 一位天才游泳家，
　　说话总是呱呱呱。
　　小时有尾没有脚，
　　大时有脚没尾巴。
　　（打一动物）

43. 大姐用针不用线，二姐用线不用针。
　　三姐点灯不干活，四姐做活不点灯。
　　（打四种小动物）

44. 胳膊长，猴儿脸，大森林里玩得欢。
　　摘野果，掏鹊蛋，抓住树枝荡秋千。
　　（打一动物）

45. 头像绵羊颈似鹅，
不是牛马不是骡。
戈壁滩上万里行，
能耐渴来能忍饿。
（打一动物）

46. 脊背突起似山峰，
驮人驮物不怕重。
风沙干旱也不惧，
戈壁滩上一英雄。
（打一动物）

47. 身披花棉袄，唱歌呱呱叫。
田里捉害虫，丰收立功劳。
（打一动物）

48. 一身金钱袍，猫脸性残暴。
爬树且游水，食肉不食草。
（打一动物）

49. 身穿皮袍黄又黄，呼啸一声百兽慌。
虽然没率兵和将，威风凛凛山大王。
（打一动物）

50. 尖嘴巴儿黄毛衣，爱吃小虫和小米。
浑身上下毛茸茸，说起话来叽叽叽。
（打一动物）

51 头小颈长四脚短，
硬壳壳里把身安。
别看胆小又怕事，
要论寿命大无边。
（打一动物）

52 嘴长颈长脚也长，
爱穿一身白衣裳。
常在水边结伙伴，
田野沟渠寻食粮。
（打一动物）

53 身手矫健到处跑，
深山老林逞英豪。
只是平生爱钱币，
金钱绣满大黄袍。
（打一动物）

54 黑夜林中小哨兵，
眼睛很像两盏灯。
瞧瞧西来望望东，
抓住盗贼不留情。
（打一动物）

55. 一物不大两头翘，
    只有肚子没有腰。
    半斗粗糠半斗菜，
    换来一斗白元宵。
    （打一动物）

56. 头戴大红花，身穿什锦衣。
    好像当家人，一早催人起。
    （打一动物）

57. 鸟儿当中数它小，
    针状嘴巴舌尖巧。
    身子只有野蜂大，
    飞行本领却很高。
    （打一动物）

58. 嘴像小铲子，脚像小扇子。
    走路左右摆，水上划船儿。
    （打一动物）

59. 小巧玲珑一条船，
    来来往往在江边。
    风吹雨打都不怕，
    只见划桨不挂帆。
    （打一动物）

60. 尖嘴尖耳尖下巴，
细腿细脚细肢腰。
生性狡猾多猜疑，
尾后拖着一丛毛。
（打一动物）

61. 无头无脑无心脏，
体内柔软甲似钢。
别看泥沙里面住，
腹中却有珍珠藏。
（打一动物）

62. 身子像个小逗点，
摇着一根小尾巴。
从小就会吃孑孓，
长大吃虫叫呱呱。
（打一动物）

63. 八只脚，抬面鼓，两把剪刀往前舞。
生来横行又霸道，嘴里常把泡沫吐。
（打一动物）

64. 身体肥，头儿大，
脸儿长方宽嘴巴。
名字叫马却无毛，
常在水中度生涯。
（打一动物）

65 背着包袱不肯走，
表面坚强内里柔。
行动迟缓爱拖拉，
碰到困难就缩头。
（打一动物）

66 说它是虎它不像，
金钱印在黄袄上。
站在山上吼一声，
吓跑猴子吓跑狼。
（打一动物）

67 铁嘴弯弯眼雪亮，
海阔天空任飞翔。
捕捉鼠蛇除害虫，
不怕虎豹和豺狼。
（打一动物）

68 头长小树杈，身开白梅花。
四腿细又长，奔跑快如马。
（打一动物）

69 从头到脚硬盔甲，
走起路来横着爬。
张牙舞爪八只脚，
两把利剪把人吓。
（打一动物）

70 一顶透明降落伞，
随波逐流漂海中。
触手有毒蜇人痛，
身上小虾当眼睛。
（打一动物）

71 小飞机，纱翅膀，
飞来飞去灭害虫。
低飞雨，高飞晴，
气象预报它内行。
（打一昆虫）

72 纤纤身体长又细，
身后背着四面旗。
斗大眼睛看前方，
专除害虫有助益。
（打一昆虫）

73 身穿一件大皮袄，
山坡上面吃青草。
为了别人穿得暖，
甘心脱下自身毛。
（打一动物）

笑话
乐翻天

音乐课上，老师问杰克："请问，世界上最古老的乐器是什么？"

杰克坚定地回答："是手风琴，老师。"

老师不解地问："为什么是手风琴呢，亲爱的孩子？"

杰克说："老师，您没看到手风琴上全是皱纹吗？"

74 胡子不多两边翘，开口总是喵喵喵。
黑夜巡逻眼似灯，粮仓厨房它放哨。
（打一动物）

75 小飞艇儿大眼睛，两对翅膀大又明。
下雨时节忙飞舞，一心一意捉害虫。
（打一昆虫）

76 身体花绿，走路弯曲。
洞里进出，开口恶毒。
（打一动物）

77 一头牛，真厉害，
猛兽见它也避开。
它的皮厚毛稀少，
长出角来当药材。
（打一动物）

78. 长相俊俏，爱舞爱跳。
飞舞花丛，快乐逍遥。
（打一昆虫）

79. 将军头上插尖刀，
一对钢叉护身宝。
温水里面洗个澡，
驼背公公换红袄。
（打一动物）

80. 性子像鸭水里游，样子像鸟天上飞。
游玩休息成双对，夫妻恩爱永不离。
（打一动物）

81. 有枪不能放，
有脚不能行。
天天弯着腰，
总在水里游。
（打一动物）

82. 每隔数日脱旧衣，
没有脚爪走得急。
攀缘树木多轻便，
光滑地面步难移。
（打一动物）

83 身小力不小，团结又勤劳。
有时搬粮食，有时挖地道。
（打一昆虫）

84 小小姑娘满身黑，秋去江南春来归。
从小立志除害虫，身带剪刀满天飞。
（打一动物）

85 红头绿身真漂亮，
五彩薄衫披身上。
传播痢疾和霍乱，
一生专干坏勾当。
（打一昆虫）

86 头戴红缨帽，身穿绿罗袍。
背上生双翅，爱脏腿长毛。
（打一昆虫）

87 吃进的是草，挤出的是宝。
为人当乳母，功劳可不小。
（打一动物）

88 身子粗壮头长角，
大人小孩都爱它。
给人奶汁它吃草，
浑身上下净是宝。
（打一动物）

89 头上两根须，
身穿花花衣。
飞进花丛里，
传粉又吃蜜。
（打一昆虫）

90.　像鸟不是鸟，躲在树上叫。
　　　自称啥都知，其实全不晓。
　　　（打一昆虫）

91.　栖息沼泽和田头，
　　　随着季节南北走。
　　　队列排成人字形，
　　　纪律自觉能遵守。
　　　（打一动物）

92.　娘子娘子，身似盒子。
　　　麒麟剪刀，八个叉子。
　　　（打一动物）

93.　头戴红缨帽，身穿绿战袍。
　　　说话音清脆，时时呱呱叫。
　　　（打一动物）

94.　水里游逛穿青袄，平生都是弯着腰。
　　　喜庆佳节少不了，美味个个盘中找。
　　　（打一动物）

95 　有种动物真是棒，
　　拉车善走有力量。
　　一辈不生儿和女，
　　不像爹来不像娘。
　　（打一动物）

96 　样子像吊塔，
　　身上布满花。
　　走路速度快，
　　可惜是哑巴。
　　（打一动物）

97 　背面灰色腹有斑，
　　繁殖习性很罕见。
　　卵蛋产在邻鸟窝，
　　代它孵育自潇洒。
　　（打一动物）

98 　家住暗角落，
　　身穿酱色袍。
　　头戴黑铁帽，
　　打仗逞英豪。
　　（打一昆虫）

99 不是狐，不是狗。
前面架铡刀，后面拖扫帚。
（打一动物）

100 体形像狗样，喜欢山里藏。
耳小尾巴大，常把人畜伤。
（打一动物）

101 为你打我，为我打你。
打得你皮开，打得我出血。
（打一昆虫）

102 天热爬上树梢，总爱大喊大叫。
明明啥也不懂，偏说知道知道。
（打一昆虫）

103 身上乌里乌，赤脚走江湖。
别人看它吃饱，其实天天饿肚。
（打一动物）

104. 白天落树上，夜晚到庙堂。
　　　不要看我小，有心肺肝肠。
　　　（打一动物）

105. 说它是马猜错了，
　　　穿的衣服净道道。
　　　把它放进动物园，
　　　大人小孩都爱瞧。
　　　（打一动物）

106. 海上一只鸟，跟着船儿跑。
　　　冲浪去抓鱼，不怕大风暴。
　　　（打一动物）

107. 凸眼睛，阔嘴巴，
　　　尾巴要比身体大。
　　　碧绿水草衬着它，
　　　好像一朵大红花。
　　　（打一动物）

108. 姑娘真辛苦，晚上还织布。
　　　天色蒙蒙亮，机声才停住。
　　　（打一昆虫）

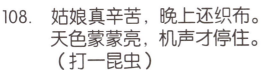

109 身穿黄色羽毛衫，
绿树丛中常栖身。
只因歌儿唱得好，
博得许多赞扬声。
（打一动物）

110 身上雪白，肚里墨黑。
从不偷东西，却说它是贼。
（打一动物）

111 远望遍地是芝麻，
近看一群小黑马。
不怕高山与陡坡，
就怕热锅上面爬。
（打一昆虫）

笑话乐翻天

　　小宝想到清华大学，不料迷了路。这时，一位文质彬彬、抱着几本厚书的教授迎面走来。小宝赶紧上前问道："请问，我怎样才能到清华大学去？"教授思索了一会儿，语重心长地说："只有不断努力读书，你才可以去清华大学。"

112. 小黑妮儿会干活，
自个叼泥来做窝。
唧唧唧，唱起歌，
飞来飞去把虫捉。
（打一动物）

113. 你坐我不坐，我行你不行。
你睡躺得平，我睡站到明。
（打一动物）

114. 长长身体两排脚，
阴暗湿地是老窝。
剧毒咬人难忍痛，
治病倒是好中药。
（打一动物）

115. 像条带，一盘菜。
下了水，跑得快。
（打一动物）

116. 上肢下肢都是手，
有时爬来有时走。
走时很像一个人，
爬时又像一条狗。
（打一动物）

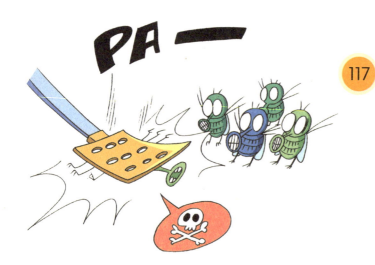

117 背板过海，
满腹文章。
从无偷窃行为，
为何贼名远扬？
（打一动物）

118 身穿绿色衫，头戴五花冠。
喝的清香酒，唱如李翠莲。
（打一昆虫）

119 头胖脚掌大，
像个大傻瓜。
四肢短又粗，
爱穿黑大褂。
（打一动物）

120 兄弟两三百，住在屋檐边。
日日做浆卖，浆汁更值钱。
（打一昆虫）

121. 腿长胳膊短，眉毛盖着眼。
　　　有人不吱声，无人爱叫唤。
　　　（打一昆虫）

122. 一物像人又像狗，
　　　爬竿上树是能手。
　　　擅长模仿人动作，
　　　家里没有山里有。
　　　（打一动物）

123. 鹿马驴牛它都像，
　　　很难肯定像哪样。
　　　四种相貌集一体，
　　　说像又都不太像。
　　　（打一动物）

124. 肥腿子，尖鼻子。
　　　穿裙子，背屋子。
　　　（打一动物）

125. 夏前它来到，秋后没处找。
　　　催咱快播种，年年来一遭。
　　　（打一动物）

126　身上滑腻腻，喜欢钻河底。
　　　张嘴吐泡泡，可以测天气。
　　　（打一动物）

127　黑脸包丞相，
　　　坐在大堂上。
　　　扯起八卦旗，
　　　专拿飞天将。
　　　（打一动物）

128　小小娃娃兵，
　　　四处寻猎物。
　　　物虽比己大，
　　　团结便解决。
　　　（打一昆虫）

129 身长约一丈，鼻生头顶上。
背黑肚皮白，安家在海洋。
（打一动物）

130 活动地盘在墙壁，
专门收拾飞蚊虫。
尾断无碍会再生，
医学名称是守宫。
（打一动物）

131 一头牛儿有翅膀，
两根辫子比身长。
危害果木罪恶大，
人们称它"锯树郎"。
（打一昆虫）

笑话
乐翻天

语文课上，老师给学生们讲了一个俗语："罗马不是一个白天就能建成的。"

历史课上，老师向学生们提问："罗马帝国是什么时候建立起来的？"

"夜里！"

132. 生的是一碗，煮熟是一碗。
   不吃是一碗，吃了也一碗。
   （打一动物）

133. 皮白腰儿细，会爬又会飞。
   木头当粮食，专把房屋毁。
   （打一昆虫）

134. 身子轻如燕，
   飞在天地间。
   不怕相隔远，
   也能把话传。
   （打一动物）

135. 似鸟又非鸟，有翅身无毛。
   一脸丑模样，专爱夜遨游。
   （打一动物）

136. 一个黑大汉，
   腰插两把扇，
   走一步，扇几扇。
   （打一动物）

137. 头前两把刀，钻地害禾苗。
捕来烘成干，一味利尿药。
（打一昆虫）

138. 四柱八栏杆，住着懒惰汉。
鼻子团团转，尾巴打个圈。
（打一动物）

139. 耳大身肥眼睛小，
好吃懒做爱睡觉。
模样虽丑浑身宝，
生产生活不可少。
（打一动物）

140. 叫猫不抓鼠，像熊爱吃竹。
摇摆惹人爱，是猫还是熊？
（打一动物）

141. 头戴周瑜帽，身穿张飞袍。
自称孙伯符，脾气像马超。
（打一昆虫）

142　会飞不是鸟，两翅没羽毛。
　　白天休息晚活动，捕捉蚊子本领高。
　　（打一动物）

143　有种鸟儿本领高，
　　尖嘴会给树开刀。
　　坏树皮，全啄掉，
　　抓出害虫一条条。
　　（打一动物）

144　像鱼不是鱼，终生住海里。
　　远看有喷泉，近看像岛屿。
　　（打一动物）

145　说它像鸡不是鸡，
　　尾巴长长拖到地。
　　张开尾巴像把扇，
　　花花绿绿真美丽。
　　（打一动物）

146　脚儿小，腿儿高。
戴红帽，穿白袍。
（打一动物）

147　脚着暖底靴，
口边生胡须。
夜里当巡捕，
日里把眼眯。
（打一动物）

148　头戴翡翠帽，身穿锦绣袍。
常把尾巴展，生性好夸耀。
（打一动物）

149　黑背白肚皮，一副绅士样。
两翅当桨划，双脚似鸭蹼。
（打一动物）

150　个子虽不大，浑身是武器。
见敌缩成团，看你奈我何？
（打一动物）

151. 任劳又任怨，田里活猛干。
辛勤把活忙，只把草当饭。
（打一动物）

152. 长得像黄菊，引诱小鱼虾。
触手捕食物，舞爪又张牙。
（打一动物）

153. 身笨力气大，干活常带枷。
春耕和秋种，不能缺少它。
（打一动物）

154. 两撇小胡子，油嘴小牙齿。
贼头又贼脑，喜欢偷油吃。
（打一动物）

155 两只翅膀难飞翔，既做衣裳又做房。
宁让大水掀下海，不让太阳晒干房。
（打一动物）

156 是牛从来不耕田，
体矮毛密能耐寒。
爬冰卧雪善驮运，
高原之舟人人赞。
（打一动物）

157 像熊比熊小，
像猫比猫大。
竹笋是食粮，
密林中安家。
（打一动物）

158 说马不像马，路上没有它。
若用它做药，要到海中抓。
（打一动物）

159 此物生得怪，肚下长口袋。
宝宝袋中养，跳起来真快。
（打一动物）

160 一身白袍衣，两只红眼睛。
是和平化身，人人都喜欢。
（打一动物）

161 远瞧犹如岛一座，
总有水柱向上喷。
模样像鱼不是鱼，
哺乳幼儿有一手。
（打一动物）

162. 身穿绿衣裳，肩扛两把刀。
庄稼地里走，害虫吓得跑。
（打一昆虫）

163. 肚大眼明头儿小，
胸前有对大砍刀。
别看样子有点笨，
捕杀害虫很灵巧。
（打一昆虫）

164. 纵横沙漠中，展翅飞不起。
快走犹如飞，是鸟中第一。
（打一动物）

165. 耳朵像蒲扇，身子像小山。
鼻子长又长，帮人把活干。
（打一动物）

166. 小小年纪，却有胡子一把。
不论见谁，总是大喊妈妈。
（打一动物）

167. 红船头，黑篷子，
二十四把快篙子。
撑到人家大门前，
吓坏多少小孩子。
（打一动物）

168. 一个白发老妈妈，
走起路来四边爬。
不用铁耙不用锄，
种下一片好芝麻。
（打一昆虫）

169. 头插野鸡毛，身穿滚龙袍。
一旦遇敌人，作战呱呱叫。
（打一昆虫）

170. 一样物，花花绿。
扑下台，跳上屋。
（打一动物）

171. 头上长树杈，身上有梅花。
四腿跑得快，生长在山野。
（打一动物）

172　一星星，一点点。
走大路，钻小洞。
（打一昆虫）

173　无脚也无手，
身穿鸡皮皱。
谁若碰着它，
吓得连忙走。
（打一动物）

174　小时像逗号，
在水中玩耍。
长大跳得高，
是捉虫冠军。
（打一动物）

175　白天一起玩，夜间一块眠。
到老不分散，人夸好姻缘。
（打一动物）

176 头顶两只角，
身背一间屋。
只怕晒太阳，
不怕大雨落。
（打一动物）

177 沙漠一只船，船上载大山。
远看像笔架，近看一身毡。
（打一动物）

178 个儿高又大，脖子似吊塔。
和气又善良，从来不打架。
（打一动物）

179 鼻子像钩子，耳朵像扇子。
大腿像柱子，尾巴像鞭子。
（打一动物）

180. 远看像黄球，近看毛茸茸。
叽叽叽叽叫，最爱吃小虫。
（打一动物）

181. 头插花翎翅，身穿彩旗袍。
终日到处游，只知乐逍遥。
（打一昆虫）

182. 身穿大皮袄，野草吃个饱。
过了严寒天，献出一身毛。
（打一动物）

183. 家住青山顶，身披破蓑衣。
常在天上游，爱吃兔和鸡。
（打一动物）

184 头戴红帽子，身披五彩衣。
从来不唱戏，喜欢吊嗓子。
（打一动物）

185 先修十字街，再修月花台。
身子不用动，口粮自动来。
（打一动物）

186 大姐长得真漂亮，身穿橘红花衣裳。
七颗黑星上面镶，爱吃蚜虫饱肚肠。
二妹最爱嗡嗡唱，百花园里忙又忙。
后腿携带花粉筐，装满食物喂儿郎。
三姐身披黄衣裳，腰儿细来腿儿长。
飞到田间捉害虫，尾巴毒针赛刀枪。
（打三种昆虫）

187 四蹄飞奔鬃毛抖，拉车驮货多面手。
农民夸它好伙伴，骑兵爱它如战友。
（打一动物）

188 唱歌不用嘴，声音真清脆。
嘴尖像根锥，专吸树枝水。
（打一昆虫）

189 小货郎，不挑担。
背着针，满处窜。
（打一动物）

190 小飞虫，尾巴明，
黑夜闪闪像盏灯。
古代有人曾借用，
刻苦读书当明灯。
（打一昆虫）

191 尖尖嘴，细细腿，
狡猾多疑拖大尾。
（打一动物）

 奸臣与螃蟹

传说，有一年元宵节，宋高宗赵构下令百姓献灯。在形形色色的彩灯中，有一盏蟹灯特别吸引人。在八只蟹脚的尖爪处各粘着一个字，连起来是："春来秋往，压日无光。"高宗站在灯前想了很久，也不知这八个字的含义。

这时，善于拆字的谢石在旁提示说："皇上，蟹乃横行之物，百姓以此献灯，必有深意。"赵构沉吟半晌，便令太监把蟹灯送给秦桧。秦桧收灯看到八个字后，勃然大怒。

原来，"春无日"为"夫"，"秋无光（火）"为"禾"，加在一起正好是个"秦"字，暗示秦桧似螃蟹般横行霸道。

谜语答案

1谜底：大雁

2谜底：海星

3谜底：梅花鹿

4谜底：萤火虫

5谜底：萤火虫

6谜底：兔子

7谜底：鱼

8谜底：鱼

9谜底：兔子

10谜底：鳄鱼

11谜底：孔雀

12谜底：野鸭

13谜底：鹤

14谜底：鹅

15谜底：鹅

16谜底：老鼠

17谜底：鹅

18谜底：刺猬

19谜底：乌龟

20谜底：鱼

21谜底：狗

22谜底：乌龟

23谜底：狗

24谜底：萤火虫

25谜底：蜻蜓

26谜底：蚯蚓

27谜底：狗

28谜底：螃蟹

29谜底：狮子

30谜底：水牛

31谜底：刺猬

32谜底：松鼠

33谜底：狐狸

34谜底：蚯蚓

35谜底：松鼠

36谜底：蚕

37谜底：蚕

38谜底：蜗牛

39谜底：蚕

40谜底：袋鼠

41谜底：青蛙

42谜底：青蛙

43谜底：蜜蜂、蜘蛛、萤火虫、纺织娘

44谜底：长臂猿

45谜底：骆驼

46谜底：骆驼

47谜底：青蛙

48谜底：豹

49谜底：虎

50谜底：小鸡

51谜底：龟

52谜底：白鹭

53谜底：金钱豹

54谜底：猫头鹰

55谜底：母鸡

56谜底：公鸡

57谜底：蜂鸟

58谜底：鸭

59谜底：鸭

60谜底：狐狸

61谜底：蚌

62谜底：蝌蚪

63谜底：螃蟹

64谜底：河马

65谜底：蜗牛

66谜底：金钱豹

67谜底：鹰

68谜底：梅花鹿

69谜底：螃蟹

70谜底：海蜇

71谜底：蜻蜓

72谜底：蜻蜓

73谜底：羊

74谜底：猫

75谜底：蜻蜓

76谜底：蛇

77谜底：犀牛

78谜底：蝴蝶

79谜底：虾

80谜底：鸳鸯

81谜底：虾

82谜底：蛇

83谜底：蚂蚁

84谜底：燕子

85谜底：苍蝇

86谜底：苍蝇

87谜底：奶牛

88谜底：奶牛

89谜底：蝴蝶

90谜底：蝉

91谜底：大雁

92谜底：螃蟹

93谜底：鹦鹉

94谜底：虾

95谜底：骡子

96谜底：长颈鹿

97谜底：杜鹃

98谜底：蟋蟀

99谜底：狼

100谜底：狼

101谜底：蚊子

102谜底：蝉
103谜底：鱼鹰
104谜底：麻雀
105谜底：斑马
106谜底：海鸥
107谜底：金鱼
108谜底：纺织娘
109谜底：黄莺
110谜底：乌贼
111谜底：蚂蚁
112谜底：燕子
113谜底：马
114谜底：蜈蚣
115谜底：带鱼
116谜底：猴子
117谜底：乌贼
118谜底：蝈蝈
119谜底：熊
120谜底：蜜蜂
121谜底：蝈蝈
122谜底：猴子
123谜底：麋鹿
124谜底：鳖
125谜底：布谷鸟
126谜底：泥鳅
127谜底：蜘蛛

128谜底：蚂蚁
129谜底：海豚
130谜底：壁虎
131谜底：天牛
132谜底：田螺
133谜底：白蚁
134谜底：信鸽
135谜底：蝙蝠
136谜底：鸵鸟
137谜底：蝼蛄
138谜底：猪
139谜底：猪
140谜底：熊猫
141谜底：蟋蟀
142谜底：蝙蝠
143谜底：啄木鸟
144谜底：鲸
145谜底：孔雀
146谜底：丹顶鹤
147谜底：猫
148谜底：孔雀
149谜底：企鹅
150谜底：刺猬
151谜底：牛
152谜底：海葵
153谜底：牛

154谜底：老鼠

155谜底：蚌

156谜底：牦牛

157谜底：熊猫

158谜底：海马

159谜底：袋鼠

160谜底：鸽子

161谜底：鲸鱼

162谜底：螳螂

163谜底：螳螂

164谜底：鸵鸟

165谜底：大象

166谜底：山羊

167谜底：蜈蚣

168谜底：蚕蛾

169谜底：蟋蟀

170谜底：猫

171谜底：梅花鹿

172谜底：蚂蚁

173谜底：蛇

174谜底：青蛙

175谜底：鸳鸯

176谜底：蜗牛

177谜底：骆驼

178谜底：长颈鹿

179谜底：象

180谜底：小鸡

181谜底：蝴蝶

182谜底：绵羊

183谜底：老鹰

184谜底：公鸡

185谜底：蜘蛛

186谜底：七星瓢虫、蜜蜂、黄蜂

187谜底：马

188谜底：蝉

189谜底：刺猬

190谜底：萤火虫

191谜底：狐狸

1 半截白，半截青，
半截实来半截空。
半截长在地面上，
半截长在土当中。
（打一蔬菜）

2 扎根不与菊为双，
娇艳瑰丽放异香。
唤作拒霜不相称，
看来却是最宜霜。
（打一植物）

3 小刺猬，毛外套，
脱了外套露紫袍。
袍里套着红绒袄，
袄里睡个小宝宝。
（打一干果）

4 味道甜甜营养多，
谁说无花只结果。
其实花开密又小，
切莫被名所迷惑。
（打一植物）

5 状如蘑菇一珍宝，
当年白蛇将它盗。
其实是味好草药，
滋补健身价值高。
（打一植物）

6 长得像竹不是竹，
周身有节不太粗。
不是紫来就是绿，
只吃生来不能熟。
（打一植物）

7 身体足有丈二高，
瘦长身节不长毛。
下身穿条绿绸裤，
头戴珍珠红绒帽。
（打一植物）

8 脱了红袍子，
是个白胖子。
去了白胖子，
剩个黑丸子。
（打一水果）

9 园林三月风兼雨，
桃李飘零扫地空。
唯有此花偏耐久，
绿枝又放数枝红。
（打一植物）

10 东风融雪草色佳，
烂漫芳菲满天涯。
艳丽茂美枝强劲，
路上行人不忆家。
（打一植物）

11 壳儿硬，壳儿脆，
四个姐妹隔床睡。
从小到大背靠背，
盖着一床疙瘩被。
（打一干果）

12 两个小木盒，
扣个皱皱人。
木盒扣得紧，
不砸不开门。
（打一干果）

13.　生在山里，死在锅里。
　　藏在瓶里，活在杯里。
　　（打一植物）

14.　一种植物生得巧，
　　不是豆类也结角。
　　果实制药可止血，
　　白花可以做染料。
　　（打一植物）

15.　不是葱来不是蒜，一层一层裹紫缎。
　　说葱比葱长得矮，像蒜就是不分瓣。
　　（打一蔬菜）

16.　得天独厚艳而香，
　　国色天香美名扬。
　　不爱攀附献媚色，
　　何惧飘落到他乡。
　　（打一植物）

17.　干高杈多叶如爪，
　　一到深秋穿红袄。
　　球状果实刺儿多，
　　祛风除湿有疗效。
　　（打一植物）

18. 身体圆圆没有毛，
    不是橘子不是桃。
    云里雾里过几夜，
    脱去绿衣换红袍。
    （打一水果）

19. 生在西山草里青，
    各州各县有我名。
    客在堂前先请我，
    待要离去谢我声。
    （打一植物）

20. 铜盆粗棵树，
    芝麻大点叶。
    任凭山岩坚，
    千年见苍翠。
    （打一植物）

21. 不长枝来不生杈，叶子顶上开白花。
    脑袋睡在地底下，胡子长了一大把。
    （打一蔬菜）

22. 谁说石家穷，家里真不穷。
    推开金板壁，珠宝嵌屏风。
    （打一水果）

23 一个婆婆园中站，
身上挂满小鸡蛋。
又有红来又有绿，
既好吃来又好看。
（打一植物）

24 陶令最怜伊，山径细栽培。
群芳零落后，独自倚东篱。
（打一植物）

25 红木盒儿圆，四面封得严。
打开木盒看，装个黄蜡丸。
（打一干果）

26 生根不落地，
有叶不开花。
市场有得卖，
园里不种它。
（打一蔬菜）

笑话乐翻天

妈妈给孩子讲《西游记》的故事：孙悟空一棒子打到妖怪身上，把妖怪打回了原形……
小孩急忙喊道：为什么不打回方形？

27 紫红树，紫红花，
紫红花袋包芝麻。
（打一植物）

28 个儿小小，头尾尖尖。
初尝皱眉，再吃开颜。
（打一植物）

29 小小伞兵随风飞，
飞到东来飞到西。
降落路边田野里，
安家落户扎根基。
（打一植物）

30 水里生来水里长，
小时绿来老时黄。
去掉外壳黄金甲，
煮成白饭喷鼻香。
（打一植物）

31 青瑶丛里出花枝，
雪貌冰心显清丽。
幽香自信高群品，
故与江梅相并时。
（打一植物）

32 绿枕头，中间空。
包着棉絮蓬蓬松。
（打一蔬菜）

33 一个孩子生得好，
衣服穿了七八套。
头上戴着红缨帽，
身上长满珍珠宝。
（打一植物）

34 身子长，个不大，
遍体长着小疙瘩。
有人见了皱眉头，
有人见了乐开花。
（打一蔬菜）

35 青皮包白肉，
像个大枕头。
莫听名字冷，
热天菜场有。
（打一蔬菜）

36 茎儿许多根，果子泥里存。
没花也没叶，没枝也没根。
（打一植物）

37 红线吊绿球，吊上树梢头。
不怕风和雨，只怕贼来偷。
（打一植物）

38 小小花朵本领高，
能把香味几里飘。
吴刚用它酿好酒，
八月时节它领头。
（打一植物）

39 四季常青绿，只是花开难。
摊开一只手，尖针已插满。
（打一植物）

40 远看似火红艳艳，
近看花儿六个瓣。
拔起根来看一看，
结着一串山药蛋。
（打一植物）

41 身裹层层衣，
珍珠藏在里。
好笑真好笑，
头顶长胡须。
（打一植物）

42 说它是棵苗，为啥有知觉。
轻轻一碰它，低头叶合了。
（打一植物）

43 体圆似球，色红如血。
皮亮如珠，汁甜如蜜。
（打一水果）

44 身材瘦瘦个儿高，
叶儿细细披绿袍。
别看样子像青蒿，
香气扑鼻味道好。
（打一蔬菜）

45 圆圆铜钱挂满身，
青皮青骨园中生。
本是高低不统一，
硬说长得一样齐。
（打一植物）

46 红关公、白刘备、黑张飞三结义。
（打一水果）

笑话乐翻天

　　小明邀请朋友肥猫到一家法国餐馆吃饭。可是，小明不懂法语，不知道菜单上写的是什么。他不愿在肥猫面前显得无知，便指着菜单上的几行字对侍者说："我们就吃这几样菜吧！"侍者看了看菜单，对小明说道：对不起，先生，这是乐队的演奏曲。

47. 金黄色的坛子，
盛满水晶饺子。
吃掉水晶饺子，
吐出粒粒珠子。
（打一水果）

48. 脱下红黄衣，七八个兄弟。
紧紧抱一起，酸甜各有味。
（打一水果）

49. 一个小姑娘，生在水中央。
身穿粉红衫，坐在绿船上。
（打一植物）

50. 有叶不开花，开花不见叶。
花开百花前，飘香傲风雪。
（打一植物）

51. 水上撑绿伞，
水下瓜弯弯。
掰开瓜看看，
千丝万缕连。
（打一植物）

52 小龙船，龙船小，
龙船尖尖两头翘。
水里漂了一秋天，
装来一个白元宝。
（打一植物）

53 把把绿伞土里插，
条条绿藤地上爬。
地上长叶不开花，
地下结串大甜瓜。
（打一植物）

54 身穿黄衣裳，弯弯像月亮。
兄弟排一起，个个甜蜜蜜。
（打一水果）

55 兄弟几个真和气，
天天并肩坐一起。
少时喜欢绿衣服，
老来都穿黄色衣。
（打一水果）

56 黄包袱，包黑豆。
尝一口，甜水流。
（打一水果）

57 高高个儿一身青，
圆脸金黄喜盈盈。
天天向着太阳笑，
结的果实数不清。
（打一植物）

58 千姐妹，万姐妹。
同床睡，各盖被。
（打一水果）

59 青枝绿叶颗颗桃，
外面骨头里面毛。
待到一天桃子老，
里面骨头外面毛。
（打一植物）

60 身上有节不是竹，
粗的能有锄把粗。
小孩抓住啃不够，
老人没牙干叫苦。
（打一植物）

61. 空心树，叶儿长，
    挺直腰杆一两丈。
    到老头发白苍苍，
    光长穗子不长粮。
    （打一植物）

62. 头上青丝发，
    身披鱼鳞甲。
    寒冬叶不落，
    狂风吹不垮。
    （打一植物）

63. 皮肉粗糙手拿针，
    悬崖绝壁扎下根。
    一年四季永青翠，
    昂首挺立伴风云。
    （打一植物）

64. 一头实，一头空。
    一头白，一头青。
    （打一蔬菜）

65. 一个黄妈妈，生性手段辣。
    老来愈厉害，小孩最怕它。
    （打一植物）

66 瘦竹竿，顶簸箕，
下面躲着一窝麻母鸡。
（打一植物）

67 脸儿像苹果，酸甜营养多。
既能做菜吃，又可当水果。
（打一蔬菜）

68 秋天撒下粒粒种，
冬天幼芽雪里藏。
春天还青节节高，
夏天成熟一片黄。
（打一植物）

69 幼时不怕冰霜，
长大露出锋芒。
老来粉身碎骨，
仍然洁白无双。
（打一植物）

笑话乐翻天

一警犬看到路上来了一只普通狗，便气势汹汹地跑上去质问："我是警犬，你是什么东西!"那只普通狗不屑一顾地答道："看清楚，我是便衣。"

70 三片瓦，盖个房，没有柱子没有梁。
外面刷着黑油漆，里面住着粉姑娘。
（打一植物）

71 四月有人把它栽，八月金花自然开。
早向东来晚向西，对着太阳笑开怀。
（打一植物）

72 黄皮包着红珍珠，
粒粒珍珠有骨头。
不能穿来不能戴，
甜滋滋来酸溜溜。
（打一水果）

73 身穿绿衣裳，肚里水汪汪。
生来籽儿多，个个黑脸膛。
（打一水果）

笑话 乐翻天

　　小蜘蛛请小蚂蚁去家里做客，小蚂蚁很为难地说："我妈说了，未成年人不能上网，还是去我家玩儿吧。"小蜘蛛小声说："你家里人太多，我妈说人多容易发生踩踏事故！"

74. 胖娃娃，没手脚，
    红尖嘴，一身毛。
    背上一道沟，
    肚里好味道。
    （打一水果）

75. 青青蛇儿满地爬，
    蛇儿遍身开白花。
    瓜儿长长茸毛生，
    老君装药要用它。
    （打一植物）

76. 上搭棚，下搭棚。
    开黄花，结青龙。
    （打一植物）

77. 青藤挂满棚，结果像青龙。
    嫩时当菜吃，老了也有用。
    （打一植物）

78. 青蓬蓬，蓬蓬青，
    青蓬树下出个白妖精。
    （打一植物）

79 生在山中，颜色相同。
来到人间，有绿有红。
（打一植物）

80 生在土里十八杈，
一年能开两次花。
先开金花结青果，
后开银花落万家。
（打一植物）

81 远看红脸好相貌，
近看一脸红疙瘩。
虽说样儿小又小，
为人解渴本领大。
（打一水果）

82 叶儿长长牙齿多，
树儿杈杈结刺果。
果皮青青果内黑，
剥到心中雪雪白。
（打一植物）

83 外面是红布，里面是白布。
打开仔细看，都是好木梳。
（打一水果）

84 一个小黑人，戴着个洗脸盆。
给它摘下来，它说再戴会儿。
（打一干果）

85 小时青来老来红，
立夏时节招顽童。
手舞竹竿请下地，
吃完两手红彤彤。
（打一水果）

119

86. 水上生个铃，摇摇没有声。
    仔细看一看，满脸大眼睛。
    （打一植物）

87. 池中有个小姑娘，
    从小生在水中央。
    粉红笑脸迎风摆，
    身挨绿船不划桨。
    （打一植物）

88. 小时能吃味道鲜，
    老时能用有人砍。
    虽说不是钢和铁，
    浑身骨节压不弯。
    （打一植物）

89. 头戴节节帽，
    身穿节节衣。
    年年二三月，
    出土赴宴席。
    （打一植物）

植物篇

90 不结果来不开花，
还未出土就发芽。
待它长到八九寸，
无人不夸味道佳。
（打一植物）

91 红公鸡，绿尾巴，
身体钻到地底下，
又甜又脆营养多。
（打一蔬菜）

92 身穿红袍，头戴绿帽。
坐在泥里，呆头呆脑。
（打一蔬菜）

93 红口袋，绿口袋，
有人害怕有人爱。
（打一植物）

94 绿的叶儿绿的枝儿，
白马下个绿马驹儿。
绿马驹儿叫唉唉儿，
秋天变成红马驹儿。
（打一植物）

95 红嘴绿鹦哥，吃了营养多。
（打一蔬菜）

96 一团幽香口难言，
色如丹桂味如莲。
真身已归西天去，
十指尖尖在人间。
（打一植物）

97 白天一到芬芳断，
夜晚香味飘散远。
飞虫闻味来传粉，
秘密皆在花瓣间。
（打一植物）

98. 青青果，圆溜溜。
咬一口，皱眉头。
（打一水果）

99. 海南宝岛是我家，
不怕风吹和雨打。
四季棉衣不离身，
肚里有肉又有茶。
（打一水果）

100. 架上爬秧结绿瓜，绿瓜顶上开黄花。
生着吃来鲜又脆，炒熟做菜味道佳。
（打一蔬菜）

101. 一顶小伞，落在林中。
一旦撑开，再难收拢。
（打一植物）

102. 一个老汉高又高，
身上挂着千把刀。
把把刀子不能砍，
用来洗衣赛肥皂。
（打一植物）

103. 树大如伞叶层层，
一生可活几千年。
人人爱它做橱箱，
香气扑鼻质量坚。
（打一植物）

104. 叶子茂盛价值大，
养蚕硬是需要它。
本来栽有千万棵，
又说两株冤枉大。
（打一植物）

105. 蓬蓬又松松，三月飞空中。
远看像雪花，近看一团绒。
（打一植物）

106. 小时青，老来黄，
金色屋里小姑藏。
（打一植物）

107. 小小花儿爬篱笆，
张开嘴巴不说话。
红紫白蓝样样有，
个个都像小喇叭。
（打一植物）

108 弯弯树，弯弯藤，
藤上挂着串串铃。
房前屋后将它种，
有绿有紫亮晶晶。
（打一植物）

109 小蛇弯弯过，爬架又爬坡。
结满小晶果，人说新疆多。
（打一植物）

110 花儿有红又有黄，
绿茎尖刺满身长。
有心人前多显俏，
一年四季月月放。
（打一植物）

111 青树结青瓜，青瓜包棉花。
棉花包梳子，梳子包豆芽。
（打一植物）

112 打起高柄伞，穿起麻布衣。
生来不怕热，为何脱我衣?
（打一植物）

113 后长叶，先开花，
花儿好像金喇叭。
金喇叭，嘀嘀嗒，
吹得冰雪全融化。
（打一植物）

114 老大头上一撮毛，
老二红脸似火烧。
老三越长腰越弯，
老四开花节节高。
（打四种植物）

115 冬天幼苗夏成熟，
滔滔海水是活土。
根浮水面随浪晃，
身潜水中曼起舞。
（打一植物）

116 一条藤，爬着行，
开黄花，结青龙。
（打一植物）

117 紫藤绿叶满棚爬，
生来就开紫色花。
紫花长出万把刀，
又作药用又吃它。
（打一植物）

118 天南地北都能住，
春风给我把辫梳。
溪畔湖旁搭凉棚，
能撒雪花当空舞。
（打一植物）

119 干短杈多叶子大，青色灯笼树上挂。
要是用它把油榨，家具船舱寿命加。
（打一植物）

120 号称山大王，树干冲天长。
叶儿尖似针，造屋好做梁。
（打一植物）

121. 泥里一条龙，头顶一个蓬。
　　 身体一节节，满肚小窟窿。
　　 （打一植物）

122. 小小手，长满刺，
　　 站在花园里，
　　 像是小卫士。
　　 （打一植物）

123. 春穿绿衣秋黄袍，
　　 头儿弯弯垂珠宝。
　　 从小到老难离水，
　　 不洗澡来只泡脚。
　　 （打一植物）

124. 瘦长的身材，翠绿的皮肤。
　　 全身是疙瘩，丑了自己，美了别人。
　　 （打一蔬菜）

125. 宝宝不怕晒，穿衣真奇怪。
　　 里边套红衫，外面披麻袋。
　　 （打一干果）

126. 青枝绿叶长得高，
　　　砍了压在水里泡。
　　　剥皮晒干供人用，
　　　留下骨头当柴烧。
　　　（打一植物）

127. 青枝绿叶不是菜，
　　　有的烤来有的晒。
　　　腾云驾雾烧着吃，
　　　不能锅里煮熟卖。
　　　（打一植物）

128. 麻布衣裳白夹里，
　　　大红衬衫裹身体。
　　　白白胖胖一身油，
　　　建设国家出力气。
　　　（打一干果）

129. 有个矮将军，
　　　身上挂满刀。
　　　刀鞘外长毛，
　　　里面藏宝宝。
　　　（打一植物）

130. 冬天蟠龙卧，
　　　夏天枝叶开。
　　　龙须往上长，
　　　珍珠往下排。
　　　（打一植物）

谜语故事

孔子猜谜

　　孔子是我国春秋末期的思想家、教育家，儒家学派的创始人。他为人谦虚、正直，积极进取，一生都在追求理想的社会，被世人尊称为"孔圣人"。

　　一天，孔子到乡村讲学，走累了，就在一口水井边休息。这时，一位老农挑着担子也来到水井边休息。老农站在井边，把扁担横放在井口上，然后对孔子说："我有一个字想请教先生。"孔子笑道："请讲。"老农朝孔子拱拱手说："请看我的动作！"孔子看了看，笑着说："这很简单，井口搁一条扁担，当然是中庸的中字了！"老农听后大笑，说："先生是见物不见人，你猜错啦！"孔子仔细一想，发现自己的确猜错了，他最后笑着说出了正确答案。

　　小朋友们，你们知道孔子说出的是哪个字吗？

 老农答记者

有位记者下乡采访，找四位老农座谈，快结束时，记者笑问："你们一生热爱农村，那你们最关心的是什么？"一位农民说："我爱四个王字转又转。"又一位老农说："我爱四个日字肩并肩。"第三位说："我爱四个口字膀靠膀。"最后一位说："我爱四个山字尖对尖。"记者听后笑着说："原来你们所关心的都是同一个字啊"。这是一个什么字？请你猜一猜。

谜语答案

1谜底：葱

2谜底：芙蓉

3谜底：栗子

4谜底：无花果

5谜底：灵芝

6谜底：甘蔗

7谜底：高粱

8谜底：荔枝

9谜底：山茶花

10谜底：桃花

11谜底：核桃

12谜底：核桃

13谜底：茶叶

14谜底：槐树

15谜底：洋葱

16谜底：牡丹

17谜底：枫树

18谜底：柿子

19谜底：茶叶

20谜底：柏树

21谜底：葱

22谜底：石榴

23谜底：枣树

24谜底：菊花

25谜底：板栗

26谜底：豆芽

27谜底：茄子

28谜底：橄榄

29谜底：蒲公英

30谜底：水稻

31谜底：水仙

32谜底：冬瓜

33谜底：玉米

34谜底：苦瓜

35谜底：冬瓜

36谜底：荸荠

37谜底：猕猴桃

38谜底：桂花

39谜底：仙人掌

40谜底：山丹丹花

41谜底：玉米

42谜底：含羞草

43谜底：樱桃

44谜底：芹菜

45谜底：芥菜

46谜底：荔枝

47谜底：橘子

48谜底：橘子

49谜底：荷花

50谜底：梅花

51谜底：藕

52谜底：菱角

53谜底：红薯

54谜底：香蕉

55谜底：香蕉

56谜底：梨

57谜底：向日葵

58谜底：石榴

59谜底：棉花

60谜底：甘蔗

61谜底：芦苇

62谜底：松树

63谜底：松树

64谜底：葱

65谜底：姜

66谜底：芋头

67谜底：番茄

68谜底：小麦

69谜底：小麦

70谜底：荞麦

71谜底：向日葵

72谜底：石榴

73谜底：西瓜

74谜底：桃子

75谜底：葫芦

76谜底：丝瓜

77谜底：丝瓜

78谜底：葫芦

79谜底：茶叶

80谜底：棉花

81谜底：杨梅

82谜底：板栗树

83谜底：橘子

84谜底：黑枣

85谜底：桑葚

86谜底：莲蓬

87谜底：荷花

88谜底：竹子

89谜底：竹笋

90谜底：竹笋

91谜底：胡萝卜

92谜底：胡萝卜

93谜底：辣椒

94谜底：辣椒

95谜底：菠菜

96谜底：佛手

97谜底：夜来香

98谜底：梅子

99谜底：椰子

100谜底：黄瓜

101谜底：蘑菇

102谜底：皂角树

103谜底：樟树

104谜底：桑树

105谜底：柳絮

106谜底：谷子

107谜底：牵牛花

108谜底：葡萄

109谜底：葡萄

110谜底：月季

111谜底：柚子

112谜底：棕榈树

113谜底：迎春花

114谜底：玉米、高粱、
　　　　　谷子、芝麻

115谜底：海带

116谜底：黄瓜

117谜底：扁豆

118谜底：柳树

119谜底：油桐树

120谜底：杉树

121谜底：藕

122谜底：仙人掌

123谜底：水稻

124谜底：黄瓜

125谜底：花生

126谜底：麻

127谜底：烟叶

128谜底：花生

129谜底：大豆

130谜底：葡萄

《孔子猜谜》谜底：仲

《老农答记者》谜底：田

sheng huo yong pin pian

生活用品篇

1. 头大尾细，全身生疥。
   拿起索子，跟你讲价。
   （打一物）

2. 小小玻璃房，外面有围墙。
   屋里热烘烘，墙外冰冰凉。
   （打一日常用品）

3. 铁打心肠一枝花，我是主人我管家。
   主人一来我开心，不是主人不理它。
   （打一日常用品）

4. 上不怕水，下不怕火。
   家家厨房，都有一个。
   （打一日常用品）

5. 俺家一个哥哥，
   讨个黑脸老婆。
   （打一日常用品）

6 口比肚子大，给啥就吃啥。
它吃为了你，你吃端着它。
（打一日常用品）

7 猛将百余人，无事不出城。
出城就放火，引火自烧身。
（打一日常用品）

8 有头没有尾，有角又有嘴。
扭动它的角，嘴里直流水。
（打一日常用品）

9 身穿红衣裳，常年把哨放。
遇到紧急事，敢往火里闯。
（打一物）

10 你哭它也哭，你笑它也笑。
脸上脏不脏，看它就知道。
（打一日常用品）

11 在家脸白白，出门脸画花。
远近都能到，一去不回家。
（打一物）

12 一只没脚鸡，
立着从不啼。
吃水不吃米，
客来敬个礼。
（打一日常用品）

笑话乐翻天

老师："小明，你来解释一下，为什么地球仪是倾斜的？"

小明："报告老师，不是我弄坏的。我早上进教室的时候它就是这个样子的。"

13.　一弓铁做弦，拉弓不射箭。
　　沙沙连声响，雪花飘眼前。
　　（打一物）

14.　楼台接楼台，层层叠起来。
　　上面飘白雾，下面水花开。
　　（打一物）

15.　一队胡子兵，当了牙医生。
　　早晚来巡逻，打扫真干净。
　　（打一日常用品）

16.　半个西瓜样，口朝上面搁。
　　上头不怕水，下头不怕火。
　　（打一日常用品）

17.　从不切菜也叫刀，颈长嘴扁有大小。
　　木把穿着红衣服，干活打转啃铁槽。
　　（打一工具）

18　只有腿来无胳膊，
　　只有脊梁无脑壳。
　　爱摆架子盘腿坐，
　　横跨鼻梁勾耳朵。
　　（打一日常用品）

19　生在鸡家湾，嫁到竹家滩。
　　向来爱干净，常逛灰家山。
　　（打一日常用品）

20　站着百分高，躺着十寸长。
　　裁衣做数学，它会帮你忙。
　　（打一日常用品）

21　一只八宝袋，样样都能装。
　　能装棉和纱，能装铁和钢。
　　（打一日常用品）

22　小小狗，手里走。
　　走一走，咬一口。
　　（打一日常用品）

生活用品篇

23　一物三口，有腿无手。
谁要没它，难见亲友。
（打一日常用品）

24　满屋娃娃，圆圆脑瓜。
出门一滑，开朵红花。
（打一日常用品）

25　汽油肚里喝，铁袍身上裹。
捻它一指头，红花开一朵。
（打一日常用品）

26　洞里一条红蚯蚓，
冷时收缩热时伸。
增产粮食搞科研，
请它当个小顾问。
（打一物）

141

27. 兄弟几个人，各进一道门。
    哪个进错门，看了笑死人。
    （打一日常用品）

28. 外麻里光，住在闺房。
    姑娘怕戳疼，拿它来抵挡。
    （打一日常用品）

29. 又白又软，罩住人脸。
    守住关口，防止传染。
    （打一日常用品）

30. 一物生来真奇怪，
    身穿三百多件衣。
    每天给它脱一件，
    年底剩下一张皮。
    （打一日常用品）

31. 又圆又亮，左右一样。
    脚蹬两耳，腰跨鼻梁。
    （打一日常用品）

32 一间小黑房，不能开门窗。
窗儿开一开，见人请进房。
（打一日常用品）

33 像我没我大，有嘴不说话。
可以摆上桌，还能墙上挂。
（打一物）

34 石头层层不见山，
路途弯弯走不完。
雷声隆隆不闪电，
大雪纷纷不觉寒。
（打一物）

笑话乐翻天

学生："老师，我梦见自己成了作曲家。请问，我怎样才能把梦变为现实？"
老师："少睡觉！"

35 四角方方，跟我来往。
伤风咳嗽，数它最忙。
（打一日常用品）

36 头上亮光光，出来凑成双。
背上缚绳子，驮人走四方。
（打一日常用品）

37 一对黑母鸡，吃泥不吃米。
雨天吃个饱，晴天饿肚皮。
（打一日常用品）

38 少年清秀老年黄，十指搓编凑成双。
日行千里终须别，最后把它丢路旁。
（打一日常用品）

39. 两只小口袋，天天随身带。
要是少一个，就把人笑坏。
（打一日常用品）

40. 白天黑夜都走路，
摆一摆来走一步。
常年劳累不停歇，
走来走去未出户。
（打一日常用品）

41. 一只黑狗，两头开口。
一头咬煤，一头咬手。
（打一工具）

42. 一只罐，两个口。
只装火，不装酒。
（打一物）

43. 像表不是表，不报分和秒。
千里去野营，它是好向导。
（打一物）

44 一藤连万家，
家家挂只瓜。
瓜儿长不大，
夜夜会开花。
（打一日常用品）

45 红娘子，上高楼。
心里疼，眼泪流。
（打一日常用品）

47 前面来只船，舵手在上边。
来时下小雨，走后路已干。
（打一日常用品）

46 身细头尖鼻子大，
一根线儿拴住它。
帮助妈妈缝衣裳，
帮助姐姐来绣花。
（打一日常用品）

48. 看着像块糕，
　　不能用嘴咬。
　　洗衣和洗澡，
　　浑身出白泡。
　　（打一日常用品）

49. 一张圆脸小嘴巴，
　　最外露着一颗牙。
　　你若用它它不干，
　　抠住牙齿往外拉。
　　（打一日常用品）

50. 浑身都是毛，常在水中泡。
　　和你常贴脸，天天离不了。
　　（打一日常用品）

51. 长长的身体，
　　脚下小洞开。
　　家里没有它，
　　衣服不能改。
　　（打一日常用品）

52 一件东西大无边，
能装三百多个天。
还装月亮十二个，
它换衣服过新年。
（打一日常用品）

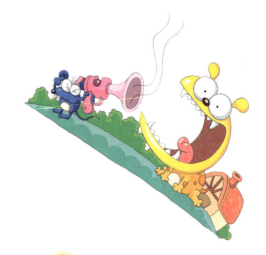

53 南边来了个黑大哥，
炉里钻来火里坐。
只要火里坐一阵儿，
黑大哥变成红大哥。
（打一物）

54 身子弯弯像月牙，
没有嘴巴光长牙。
你要问它有啥用，
天天清早头上爬。
（打一日常用品）

55 我家有只小铁狗，
专吃人的脚和手。
养成卫生好习惯，
偏要让它咬个够。
（打一日常用品）

56 十指尖尖肚里空，
有皮无骨爱过冬。
不怕寒冷不怕风，
寒冬腊月逞英雄。
（打一日常用品）

57 一扇玻璃窗，光线明晃晃。
戏剧它会演，电影它能放。
（打一日常用品）

58 小小船儿整一对，坐的客人有十位。
白天坐船赶路忙，走遍天下不用水。
（打一日常用品）

59 一个画家真奇怪，
画画不用笔和彩。
朝它面前站一站，
咔嚓一声画下来。
（打一日常用品）

60 小小圆形运动场，三个选手比赛忙。
跑的路程分长短，最后时间一个样。
（打一日常用品）

61 小小东西有奇能，
细长身体圆头顶。
沙墙上边擦一下，
能使人间放光明。
（打一日常用品）

62 身上大环套小环，
生来就爱吃子弹。
过硬本领它作证，
你说这是哪一件？
（打一物）

63 不是姐俩是哥俩，
脸庞身体全不差。
对面打量难分辨，
一个说唱一个哑。
（打一日常用品）

64. 皮老虎，铁嘴唇，
　　只吃衣服不吃人。
　　（打一日常用品）

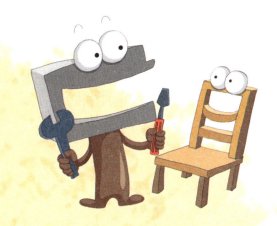

65. 长的少，短的多。
　　脚去踩，手去摸。
　　（打一物）

66. 有风不动无风动。
　　不动无风动有风。
　　（打一日常用品）

67. 不怕身上脏，墙角把身藏。
　　出来走一走，地面光又光。
　　（打一日常用品）

68. 小帐篷，圆又圆，
　　雨天满街走，
　　晴天家中闲。
　　（打一日常用品）

69 兄弟五个人，各走各的门。
谁要走错了，出来笑死人。
（打一日常用品）

70 浑身毛，一条腿，
不怕灰尘只怕水。
（打一日常用品）

71 一只狗，站门口。
打一枪，就开口。
（打一日常用品）

笑话乐翻天

　　小明数学考试没有及格。第二天早上，数学老师问他："昨晚你父母让你吃饭了吗？"

　　小明说："我一般是在吃完饭后才给他们看成绩单的。"

72 上圆下方，有顶无底。
晚上放下，天亮挂起。
（打一日常用品）

73 四四方方一座城，
夜晚关门不点灯。
贼在城外乱嚷嚷，
主人安心起鼾声。
（打一日常用品）

74 像糖不是糖，能用不能尝。
见水起白泡，去油又去脏。
（打一日常用品）

75 又圆又扁肚里空，
有面镜子在当中。
老少用它都低头，
摸脸搓手又鞠躬。
（打一日常用品）

76 屋子方方，有门没窗。
屋外热烘，屋里冰霜。
（打一日常用品）

77 伸一只腿，缩一只脚。
鼓鼓眼睛，瘪瘪大嘴。
（打一日常用品）

78 铁大哥，把门守。
歹人来，请你走。
主人来，才开口。
（打一日常用品）

79 圆筒装着白糊糊，
每天早晨挤一股。
三十二个好兄弟，
都说用它好处多。
（打一日常用品）

80. 兄弟两个一般高，
    一天三餐不长膘。
    （打一日常用品）

81. 是灯不叫灯，有电不伤人。
    天亮就收起，暗处伴人行。
    （打一日常用品）

82. 头戴玻璃平顶帽，
    长圆身体披长袍。
    夜里睁开一只眼，
    专往黑暗地方瞄。
    （打一日常用品）

83. 铁打汉，脚底尖，
    头戴扁平帽，
    会挤又会钻。
    （打一日常用品）

84. 圆圆的身子，细细的肠子。
    大大的帽子，长长的辫子。
    （打一日常用品）

85　圆东西，两个头，
一个在里头，
一个在外头。
（打一日常用品）

86　看来很有分寸，满身带着斯文。
可是从不律己，专门衡量别人。
（打一日常用品）

87　嘴儿扁，脑袋方，上下飞舞忙又忙。
修桌椅，造门窗，整整齐齐真漂亮。
（打一工具）

88. 身子弯弯尾巴翘，
    夏吃麦子秋吃稻。
    农民个个喜欢它，
    收割庄稼立功劳。
    （打一工具）

89. 个小用途广，人称兽中王。
    牙齿真锋利，咬铁又断钢。
    （打一工具）

90. 腿长头重嘴儿扁，
    在家常常站墙边。
    出门工作嘴啃泥，
    除草松土它领先。
    （打一工具）

91. 木身子，长又长，铁脑袋，扁又方。
    开河渠，挖池塘，样样靠它来帮忙。
    （打一工具）

92 一物足有半人高，
又爱风凉又撒娇。
妈妈双手抱在怀，
又点头来又哈腰。
（打一日常用品）

93 铁皮身上裹，汽油肚里喝。
按它小脑壳，嘴上冒团火。
（打一日常用品）

94 一物生得好奇怪，
牙齿长在嘴巴外。
有人经常把它喂，
光吃草来不吃菜。
（打一工具）

95 是笔不能画，和电是一家。
要知有无电，可去请教它。
（打一工具）

96. 人脱衣服，它穿衣服。
    人脱帽子，它戴帽子。
    （打一日常用品）

97. 圆圆身子莲蓬头，
    有人带我上花楼。
    花儿见我开心笑，
    我见花儿泪水流。
    （打一物）

98. 大圆圈儿滚滚圆，肚皮大大浮水面。
    虚心鼓气善游泳，水中有它很保险。
    （打一物）

99. 一个老头，不跑不走。
    请他睡觉，他就摇头。
    （打一物）

100. 一只绵羊四只脚，
     白天休息黑夜跑。
     天热它要去休眠，
     天冷没它受不了。
     （打一日常用品）

101 两个老汉一般高，
光有肚子没有腰。
你在坡上等一等，
我到水里走一遭。
（打一日常用品）

102 缸里水，水里草，
草上站着个红嫂嫂。
（打一物）

103 有长也有方，五味它都尝。
只要别人净，不怕自己脏。
（打一日常用品）

104 有样东西真奇怪，
它把灰尘当饭菜。
环境卫生它保护，
清洁工人都喜爱。
（打一日常用品）

105 哥哥倒比弟弟短，
天天竞走大家看。
弟弟走了十二遍，
哥哥刚好走一圈。
（打一日常用品）

106
身上一把尺，
肚里一条线。
夏天线儿长，
冬天线儿短。
（打一物）

107
圆圆脸庞像小盆，
站在门前迎客人。
来宾一到吻下手，
好叫主人来开门。
（打一物）

108
小小炉子好奇怪，
不用锅子与勺铲。
只需团团转瓷盘，
电波传热会烧菜。
（打一日常用品）

109
薄薄一张小花纸，
四边生满细牙齿。
两地朋友要谈心，
必须请它送信息。
（打一物）

**笑话
乐翻天**

王老师问李老师："昨天，你班那个学生手脏得很，被你轰回家去了，这个办法行之有效吗？"

"不行呀!今天有一半孩子没有洗手。"

110. 大肚皮，热心肠，
　　　冬天为人暖睡床。
　　　（打一日常用品）

111. 貌似蟠龙不是龙，
　　　朱砂一点染头红。
　　　烟雾缭绕驱飞蚊，
　　　夜夜为咱除害虫。
　　　（打一日常用品）

112. 一座木头房，
　　　有门没有窗。
　　　打开看一看，
　　　有被有衣裳。
　　　（打一物）

113. 长长脖子小小口，端端正正坐高楼。
　　　数它爱美好打扮，红红绿绿常满头。
　　　（打一物）

114. 长在山上，落在肩上。
　　　干活躺下，休息靠墙。
　　　（打一日常用品）

115. 有面没有口，有脚没有手。
　　　虽有四只脚，自己不会走。
　　　（打一物）

116. 生在山崖，落在人家。
　　　凉水浇背，千刀万剐。
　　　（打一物）

117. 一根柱子许多梁，
　　　没有门窗没有墙。
　　　好像一座小亭子，
　　　用它挡雨遮太阳。
　　　（打一日常用品）

118. 看看像块糕，不能用嘴咬。
　　　洗衣洗小手，生出白泡泡。
　　　（打一日常用品）

119. 不怕细菌小，有它能看到。
　　　化验需要它，科研不可少。
　　　（打一物）

120 扁扁身子一面牙，鲁班爷爷发明它。
不论是冬还是夏，走路伴着雪花下。
（打一工具）

121 独木造高楼，没瓦没砖头。
人在水下走，水在人上流。
（打一日常用品）

122 金色辫子长又长，
不分男女盘头上。
不用梳来不用洗，
只等天明晒太阳。
（打一日常用品）

123 玻璃房，水银墙。
屋里热，外面凉。
（打一日常用品）

124 颜色白如雪，身子硬如铁。
一日洗三遍，夜晚柜中歇。
（打一日常用品）

125 白嫩小宝宝，洗澡吹泡泡。
洗洗身体小，再洗不见了。
（打一日常用品）

126 一个南瓜两头空，
肚里开花放光明。
有瓜没叶高高挂，
照得面前一片红。
（打一物）

127
木头身子铁脚板，
带它下地把活干。
干活还得人扶着，
翻得土地松又软。
（打一工具）

128
歪脖子，宽嘴巴，
跟着人走头朝下。
野草见它就害怕，
农民伯伯要用它。
（打一工具）

129
一根小木棒，安个弯月亮。
秋天收庄稼，请它来帮忙。
（打一工具）

130
四四方方一块布，
嘴和鼻子都盖住。
两根带子耳上挂，
不怕风沙不怕土。
（打一日常用品）

131 十个客人十间屋，
冷了进去暖了出。
（打一日常用品）

132 小小两只船，
没桨又没帆。
白天带它到处走，
黑夜停在床跟前。
（打一日常用品）

133 一本书，天天看，
看了一篇撕一篇。
一年到头多少天，
小书撕下多少篇。
（打一日常用品）

134 青色糕，红色糕，
不能吃，不能咬。
点心铺里买不到，
要盖房子少不了。
（打一物）

135 一样东西亮晶晶，
又光又硬又透明。
工人叔叔造出来，
它的用处数不清。
（打一物）

136 别看它的身子小，
头上戴顶大白帽。
睁开眼睛屋里亮，
地上蚂蚁能找到。
（打一日常用品）

137 一朵花儿开得大，
藤儿牵着高高挂。
没有香味没有叶，
会唱歌来会说话。
（打一日常用品）

笑话乐翻天

　　数学老师对小明的家长说："你该管一管你的儿子了，你看他做的数学题，90-45=下半场。"家长说："我回去后一定教育我的儿子，还有第二种情况被他忽略了，就是加时赛的情况他没有考虑到。"

138　一间小木房，
　　　没门光有窗。
　　　只要窗户亮，
　　　又说又笑把歌唱。
　　　（打一日常用品）

139　叮铃铃，叮铃铃，
　　　一头说话一头听。
　　　两人不见面，
　　　说话听得清。
　　　（打一日常用品）

140　小铁柱儿胆不小，
　　　头戴玻璃平顶帽。
　　　一只眼睛亮闪闪，
　　　哪儿黑往哪儿瞧。
　　　（打一日常用品）

141　溜溜圆，光闪闪，
　　　两根针，会动弹。
　　　一根长，一根短，
　　　嘀嗒嘀嗒转圈圈。
　　　（打一日常用品）

142 细腿长长脖子弯，
助人为乐走得欢。
平时靠墙来休息，
老人出门它做伴。
（打一物）

143 小小纸卷一寸半，头冒青烟亮光闪。
你要真的爱上它，从此染上坏习惯。
（打一物）

144 弟弟长，哥哥短，
两人赛跑大家看。
弟弟跑了十二圈，
哥哥一圈才跑完。
（打一日常用品）

145. 铁打一只船，不推不开船。
　　　飞阵蒙蒙雨，船过水就干。
　　　（打一日常用品）

146. 好似一双手，十个手指头。
　　　看看全是皮，摸摸没骨头。
　　　（打一日常用品）

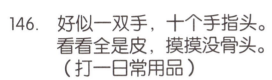

147. 绿娃娃，街上站，
　　　光吃纸来不吃饭。
　　　（打一物）

148. 小小木房站路旁，两边开着活门窗。
　　　要使街道干干净，果皮纸屑往里装。
　　　（打一物）

149. 红公鸡，起得早，
　　　起来不会喔喔叫。
　　　屋里走一遭，
　　　尘土都跑掉。
　　　（打一日常用品）

150 千只脚，万只脚。
站不住，靠墙角。
（打一日常用品）

151 我的身体细又长，
头长白毛身上光。
从小就爱讲卫生，
天天嘴里走两趟。
（打一日常用品）

152 一个小儿郎，每天站桌上。
肚里滚滚热，肚皮冰冰凉。
一个大耳朵，穿件花衣裳。
（打一日常用品）

153 浑身是毛一条腿，
土怕它来它怕水。
（打一日常用品）

154 大碗长着两耳朵，
比碗盛得多得多。
不怕水，不怕火，
爱在灶台上面坐。
（打一日常用品）

155 个儿不算大，帮着人看家。
身子用铁打，辫子门上挂。
（打一日常用品）

156 一根小棍儿，顶个圆粒儿。
小孩儿玩它，容易出事儿。
（打一日常用品）

157 小房子里，
住满弟弟。
擦破头皮，
立刻火起。
（打一日常用品）

158 身体细长，兄弟成双。
光爱吃菜，不爱喝汤。
（打一日常用品）

159 一个小碗尾巴长，
能盛饭菜能盛汤。
盛上又倒了，
倒了再盛上。
（打一日常用品）

笑话
乐翻天

　　小红对小明说："今天考试的时候我踢你一下，你就要给我瞄一下。"
　　到了考试的时候，小红踢了小明一下，小明说："喵！"

160　一个娃娃小不点，
　　一件红袄身上穿。
　　香火把它辫子点，
　　大叫一声飞上天。
　　（打一物）

161　肩挑担子坐台中，
　　待人接物都为公。
　　偏心事情不会做，
　　大家夸它最公平。
　　（打一物）

162　泥来做，火来烧，
　　有红有青像块糕。
　　高楼靠它平地起，
　　建设祖国立功劳。
　　（打一物）

163　哥俩一般高，每天三出操。
　　人人都需要，团结互助好。
　　（打一日常用品）

164 一对小小船，载客各五员。
无水走一天，有水不开船。
（打一日常用品）

165 一张网儿四方方，
从不捕鱼撒入江。
噼噼啪啪一阵响，
打得飞贼把命丧。
（打一日常用品）

166 平又平，亮又亮，
平平亮亮桌上放。
它会告诉你，
脸上脏不脏。
（打一日常用品）

167 明明亮亮，又平又光。
谁来看它，跟谁一样。
（打一日常用品）

168. 像块蛋糕盒中装，
　　　能看能用不能尝。
　　　它和清水是朋友，
　　　卫生模范人赞扬。
　　　（打一日常用品）

169. 小小扫帚，一手拿牢。
　　　白石缝里，天天打扫。
　　　（打一日常用品）

170. 脸儿亮光光，坐在桌子上。
　　　妹妹跑过来，请它照个相。
　　　（打一日常用品）

171. 勤恳服务心里红，待人接物挺热情。
　　　天热外边度酷暑，天冷屋里来过冬。
　　　（打一物）

172. 一座军营百个兵，列好队伍等命令。
　　　一旦需要就出去，牺牲自己换光明。
　　　（打一日常用品）

173 兄弟全是瘦长个，
长着一色小脑壳。
平时挤着不吭声，
出门办事就发火。
（打一日常用品）

174 墙上一条河，刮风不扬波。
夏天河水涨，冬天河水落。
（打一物）

175 岁数越来越大，
身体越来越小。
面貌日新月异，
家家不可缺少。
（打一日常用品）

176 小小骏马不停蹄，
日日夜夜不休息。
蹄声嗒嗒似战鼓，
提醒人们争朝夕。
（打一日常用品）

改姓的财主与无赖

从前，有个姓王的清贫秀才考中了举人，乡亲们都前来表示祝贺。

这时，从人群中钻出一个人来，进门就拱手祝贺，说道："恭喜，恭喜！恭喜家门高中了！"旁边有人说："你不是前村的财主老爷吗？你又不姓王，怎么来攀姓王的家门？"财主说："什么啊？我若不在水边住，还不是姓王吗？"

这时，人群中又挤出来一个无赖，也上前讨好他说："嘿嘿，王老爷，我也姓王，让我做您的管家，同您一道上任吧！"周围的人说："你这个无赖，为了姓王，连两边的脸都不要了啊！"

周围的人哄堂大笑。原来，财主的姓是"汪"，无赖的姓是"田"。两个人为了与刚中举的王秀才套近乎，不惜把自己的姓都给改了。

小解缙智斗财主

明代文学家解缙出身贫寒，但他勤奋好学，少年时就聪明无比，在当地很有名气。

当时乡里有一个姓曹的财主，嫉妒解缙的才华，便想找个机会为难他。一天，曹财主在路上碰到解缙，便拦住他，皮笑肉不笑地说："人们都说你家里穷，我有心接济你，现在请你当着我和周围人的面说说，你的父母是干什么营生的？"

解缙见这财主存心奚落自己，心想："今天一定要压压这财主的气焰！"当即大声地回答道："父亲肩担日月街前卖，母亲手撒金珠坊内转。"说完，哈哈大笑，把曹财主羞得面红耳赤。此后，曹财主再也不敢小看解缙，解缙的名气也就更大了。

聪明的小读者，你也来猜猜看，解缙的父母是干什么的？

1谜底：秤

2谜底：热水瓶

3谜底：锁

4谜底：锅

5谜底：锅

6谜底：碗

7谜底：火柴

8谜底：水龙头

9谜底：灭火器

10谜底：镜子

11谜底：邮票

12谜底：茶壶

13谜底：锯

14谜底：蒸笼

15谜底：牙刷

16谜底：锅

17谜底：螺丝刀

18谜底：眼镜

19谜底：鸡毛掸子

20谜底：尺子

21谜底：针线包

22谜底：剪刀

23谜底：裤子

24谜底：火柴

25谜底：打火机

26谜底：温度计

27谜底：扣子

28谜底：顶针

29谜底：口罩

30谜底：日历

31谜底：眼镜

32谜底：照相机

33谜底：相片

34谜底：磨

35谜底：手帕

36谜底：皮鞋

37谜底：雨鞋

38谜底：草鞋

39谜底：袜子

40谜底：挂钟

41谜底：火钳

42谜底：灯笼

43谜底：指南针

44谜底：电灯

45谜底：蜡烛

46谜底：针

47谜底：熨斗

48谜底：肥皂

49谜底：盒尺

50谜底：毛巾

51谜底：缝衣针

52谜底：日历

53谜底：煤

54谜底：梳子

55谜底：指甲刀

56谜底：手套

57谜底：电视机

58谜底：鞋

59谜底：照相机

60谜底：钟表

61谜底：火柴

62谜底：靶子

63谜底：镜子

64谜底：皮箱

65谜底：梯子

66谜底：电扇

67谜底：扫帚

68谜底：雨伞

69谜底：纽扣

70谜底：鸡毛掸子

71谜底：锁

72谜底：帐子

73谜底：蚊帐

74谜底：洗衣粉

75谜底：洗脸盆

76谜底：冰箱

77谜底：裁剪刀

78谜底：锁

79谜底：牙膏

80谜底：筷子

81谜底：手电筒

82谜底：手电筒

83谜底：钉子

84谜底：电灯泡

85谜底：线团

86谜底：尺子

87谜底：斧子

88谜底：镰刀

89谜底：老虎钳

90谜底：锄头

91谜底：铁锹

92谜底：簸箕

93谜底：打火机

94谜底：铡刀

95谜底：测电笔

96谜底：衣帽架

97谜底：喷水壶

98谜底：救生圈

99谜底：不倒翁

100谜底：棉被

101谜底：水桶

102谜底：油灯

103谜底：抹布

104谜底：吸尘器

105谜底：钟表

106谜底：温度计

107谜底：门铃

108谜底：微波炉

109谜底：邮票

110谜底：热水袋

111谜底：蚊香

112谜底：衣柜

113谜底：花瓶

114谜底：扁担

115谜底：桌子

116谜底：磨刀石

117谜底：伞

118谜底：肥皂

119谜底：显微镜

120谜底：锯

121谜底：雨伞

122谜底：草帽

123谜底：暖水瓶

124谜底：碗

125谜底：香皂

126谜底：灯笼

127谜底：犁

128谜底：锄头

129谜底：镰刀

130谜底：口罩

131谜底：手套

132谜底：鞋

133谜底：日历

134谜底：砖头

135谜底：玻璃

136谜底：电灯

137谜底：扩音器

138谜底：收音机

139谜底：电话

140谜底：手电筒

141谜底：钟表

142谜底：拐杖

143谜底：香烟

144谜底：钟表

145谜底：熨斗

146谜底：手套

147谜底：邮箱

148谜底：垃圾箱

149谜底：鸡毛掸子

150谜底：扫把

151谜底：牙刷

152谜底：暖水瓶

153谜底：鸡毛掸子

154谜底：锅

155谜底：锁
156谜底：火柴
157谜底：火柴
158谜底：筷子
159谜底：勺子
160谜底：爆竹
161谜底：天平
162谜底：砖
163谜底：筷子
164谜底：鞋
165谜底：苍蝇拍
166谜底：镜子
167谜底：镜子
168谜底：肥皂

169谜底：牙刷
170谜底：镜子
171谜底：火炉
172谜底：火柴
173谜底：火柴
174谜底：温度计
175谜底：日历
176谜底：钟表
《小解缙智斗财主》谜底：解缙的父亲是卖烧饼的，解缙把烧饼想象成"日月"；母亲是磨黄豆做豆腐的，解缙把黄豆想象成"金珠"

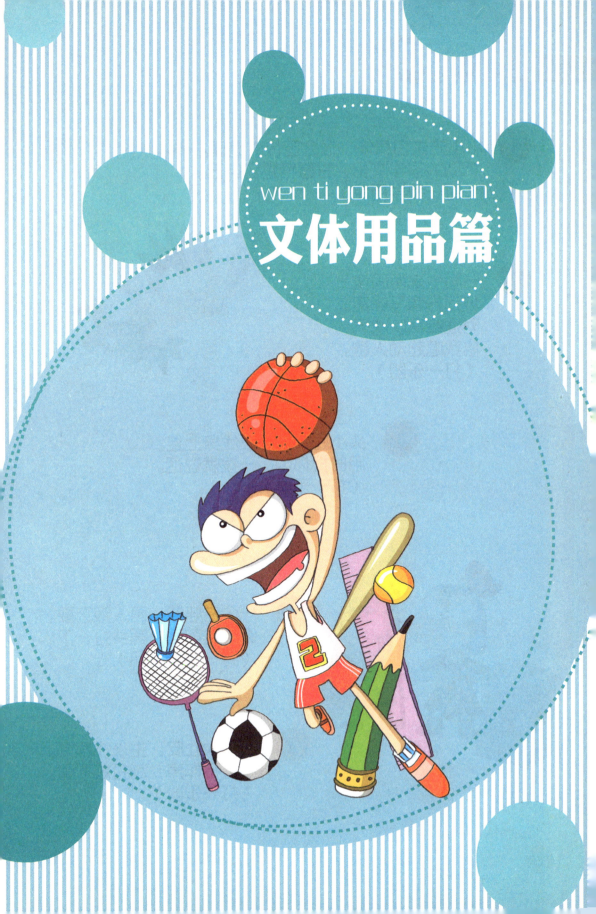

wen ti yong pin pian

文体用品篇

1　小小先生白身体，很会宣传讲道理。
帮助大家学文化，甘愿牺牲它自己。
（打一教学用品）

2　一物生来两面坡，
坡顶好像马蜂窝。
对准蜂窝吹吹气，
陪我唱起动人歌。
（打一乐器）

3　头小屁股大，三线身上挂。
用时搂怀中，一拨就说话。
（打一乐器）

4　一个白娃娃，两人跟它耍。
跑到谁前面，照头打一下。
（打一体育用品）

5　一个大肚皮，生来怪脾气。
不打不作声，越打越欢喜。
（打一乐器）

186

6. 小黑人儿细又长，穿着木头花衣裳。
   画画写字它全会，就是不会把歌唱。
   （打一文具）

7. 两把刀，不切菜。
   脚一蹬，跑得快。
   （打一体育用品）

8. 说来也奇怪，有毛不是鸟。
   无翅空中飞，无腿脚上跳。
   （打一体育用品）

9. 十九乘十九，黑白两对手。
   有眼看不见，无眼难活久。
   （打一体育用品）

10. 黑黑一堵墙，
    形状长又方。
    老师讲课它帮忙，
    演算写画真便当。
    （打一教学用品）

11 一张图，六个角，
三群小猴来赛跑。
有的走来有的跳，
比赛比赛谁先到。
（打一体育用品）

12 嘴巴大，舌头小，
抓住尾巴，又跳又叫。
（打一学校用品）

13 一个小石潭，
满塘烂泥巴。
飞来白天鹅，
变成黑乌鸦。
（打一文具）

14 圆头圆脑小东西，
没骨没肉光有皮。
一打跳起三尺高，
肚里憋着一包气。
（打一体育用品）

15 头上净毛，爱抹黑油。
闲时戴帽，忙时光头。
（打一文具）

16 是马不吃草，有腿不走道。
天天在操场，人人把它跳。
（打一体育用品）

17 身体有圆也有方，
常在铅笔盒里装。
要是写错一个字，
它会马上来帮忙。
（打一文具）

18 一个小黑人，
跳进洗澡盆。
越洗越不净，
长人变短人。
（打一文具）

19 一物生来真轻巧，
身长羽毛不是鸟。
没有翅膀空中飞，
落地没脚难起跳。
（打一体育用品）

20 一个圆球空中飞，你推我挡他跳扣。
腾空滚跃救险球，打出水平第一流。
（打一体育用品）

21 两国交战，马壮兵强。
马不食草，兵不吃粮。
（打一体育用品）

22 一个娃娃，台上游戏。
他要过来，叫他回去。
（打一体育用品）

23. 有匹马儿真奇妙，
不需饮水和喂草。
只见人在马上跳，
不见马儿草上跑。
（打一体育用品）

24. 白娃娃，爬黑墙，
越爬个儿越变小，
再也没法往上长。
（打一教学用品）

25. 千层宝库来翻开，
漆黑纵横一片排。
历代事情它记载，
知识没它传不开。
（打一文化用品）

26. 长身黑腿，只知喝水。
（打一文具）

27. 一个胖娃娃，
顽皮又淘气。
他若跳过墙，
挥拍赶回去。
（打一体育用品）

28 小小公鸡不会叫，
稀稀毛儿又会跳，
落在脚背跳一跳。
（打一体育用品）

29 嘴儿尖尖个儿长，
经常活动在场上。
说它是枪无子弹，
发射出去砸地上。
（打一体育用品）

30 小小孩儿真漂亮，
五颜六色身细长。
山水花鸟它能绘，
表里如一有文章。
（打一文具）

31 小小房屋是我家，
家里人多力量大。
能写字来能画画，
个个都是小专家。
（打一文具）

32 身长八寸，心肠真硬。
助人学习，不怕牺牲。
（打一文具）

33 有山没石头，
有城没有楼。
有路没人走，
有河没鱼游。
（打一教学用品）

34 铁嘴巴，爱咬纸，
咬完掉个铁牙齿。
（打一文具）

35 旋旋转转来回游，
没有一人指路头。
除去心中一点火，
刀枪人马一起休。
（打一器具）

36. 两手摇，双脚跳，
    钻进城门，跨过草桥。
    （打一体育用品）

37. 双手赞成。
    （打一体育项目）

38. 二。
    （打一体育用品）

39. 农林牧副渔兴旺。
    （打一体育项目）

40. 长条扁身囤囵用，
    糊糊涂涂弄一通。
    若要此事得明白，
    问过毛头小叔公。
    （打一文具）

41

木制架子空中悬，
两条辫子接上天。
小小主人来驾驭，
来回动荡画弧圈。
（打一体育器械）

42

我家有块石头田，
虫灾水涝无荒年。
（打一文具）

43

小小一战场，有兵也有将。
楚河与汉界，好好打一仗。
（打一体育用品）

44

两兄弟，手拉手。
一个转，一个走。
（打一文具）

45 一个西瓜皮儿黄，
肚内空空没有瓤。
你争我抢人人爱，
抢来就打不能尝。
（打一体育用品）

46 脚尖尖，腰圆圆，
躺在地上不动弹。
拿起鞭子连连抽，
站在地上打转转。
（打一玩具）

47 远看像桥梁，
近看像楼房。
上去一步一步走，
下来一溜到地上。
（打一玩具）

48 一匹马，四条腿，
没有头，没有尾。
一人跳上马背背，
翻腾跳跃直飞滚。
（打一体育用品）

49. 扁圆脑袋细长身，
看图看画最认真。
牢牢盯住不移动，
只见脑袋不见身。
（打一文具）

50. 一排牙齿白的多，
肚里呼吸口唱歌。
只要你把牙齿按，
一唱起来劲头足。
（打一乐器）

51. 七长八短一小捆，
挤作一团抱得紧。
越抱越紧越叫唤，
叫得声声动人心。
（打一乐器）

52. 像冬瓜，腰里挂。
一面跳，一面打。
（打一乐器）

53. 它的肚皮长得怪，能大能小变化快。
肚里装的净是歌，一张一缩乐开怀。
（打一乐器）

54 一物生来本领大，
叫它说啥就说啥。
说话就行走，
行走就说话。
（打一文具）

55 一根竹管二尺长，
开了七个小圆窗。
对准一个小窗口，
吹阵风就把歌唱。
（打一乐器）

56 圆圆肚子脖颈长，
耳朵长在脖子上。
如果调儿唱不准，
扭着耳朵细商量。
（打一乐器）

57 气不可泄。
（打一乐器）

58 不会说话有尖嘴，
雪地走来没有腿。
每迈一步留脚印，
肚子饿了光喝水。
（打一文具）

59 嗓音洪亮人人夸，
嘴对嘴儿吹起它。
嘀嗒嘀嗒嘀嘀嗒，
唱起歌儿真潇洒。
（打一乐器）

60 不是西瓜不是蛋，
用手一拨会打转。
别看它的个儿小，
能载海洋与高山。
（打一教学用品）

笑话乐翻天

快考试了，老师在课堂上帮同学们做重点提示。

老师："这一题很重要，在前面画星星。"

小红："老师，可不可以打钩啊？猩猩好难画啊！"

199

61 一只小鸡真灵巧，
五彩羽毛身上飘。
会翻筋斗会跳高，
落在地上不会跑。
（打一体育用品）

62 四四方方一块田，
一汪乌水在中间。
黑羽鸟儿来啄食，
一撒撒向白云天。
（打四种文具）

63 一根细竹管，开了七扇门。
风儿阵阵吹，句句是戏文。
（打一乐器）

64 叫马，不会跑。叫球，不能打。
叫铃，摇不响。叫饼，吃不下。
（打四种体育用品）

65 一物生来真新鲜，铁腿细长脚儿尖。
一腿走路一腿站，脚印个个圆又圆。
（打一文具）

66 木头做的架子，结上两条辫子。
下面绑块板子，上面立着孩子。
（打一体育用品）

67 三足大怪物，牙齿几十颗。
肚里吞钢丝，嘴里会唱歌。
（打一乐器）

68 像锅又太浅，像盆又太扁。
生来脾气怪，喜欢被打脸。
（打一乐器）

69 腰细两头大，线上能走路。
走路打着滚，滚时唱山歌。
（打一玩具）

70 圆圆身体皮儿薄，
有红有绿颜色好。
系在线上随风舞，
撒手高飞天上飘。
（打一玩具）

71 两头撑起大渔网，
不捉鱼儿不捕虾。
池中碧波人声沸，
网着瓜儿乐开花。
（打一体育项目）

72 一位姑娘瘦条条，
头重脚轻站不牢。
两个耳环飘左右，
说起话来咚咚叫。
（打一玩具）

73 一位公公精神好，
从小到老不睡觉。
身体轻，劲不小，
左推右推推不倒。
（打一玩具）

74 大哥说话先摘帽，
二哥说话先脱衣。
三哥说话先喝水，
四哥说话雪花飘。
（打四种文具）

75 一匹马儿两人骑，
这边高来那边低。
虽然马儿不会跑，
两人骑着笑嘻嘻。
（打一玩具）

203

 药谜难不倒神医

华佗是三国时期的名医。他医术高明，学识渊博。

一日，曹操有心请华佗为自己治病，只是不知其是否有真才实学，就想先考考华佗。经过考虑，曹操写了下面这首四言诗送给华佗：

胸中荷花，西湖秋英。晴空夜明，初入其境。

长生不老，永远康宁。老娘获利，警惕家人。

五除三十，假满期临。胸有大略，军师难混。

接骨医生，老实忠诚。无能缺技，药店关门。

乍看起来，这些诗句好像是在批评和指责华佗无能，可是华佗看了之后，却自言自语地说："丞相这是在考我呀！"

他略加思考，便挥笔行墨，一口气写下了十六种中草药的名字。曹操看后大喜，说："果真是有才能的人啊！"

你知道曹操的诗句是什么意思吗？

1谜底：白粉笔

2谜底：口琴

3谜底：三弦

4谜底：乒乓球

5谜底：鼓

6谜底：铅笔

7谜底：滑冰鞋

8谜底：毽子

9谜底：围棋

10谜底：黑板

11谜底：跳棋

12谜底：课铃

13谜底：砚

14谜底：皮球

15谜底：毛笔

16谜底：鞍马

17谜底：橡皮

18谜底：墨

19谜底：羽毛球

20谜底：排球

21谜底：象棋

22谜底：乒乓球

23谜底：鞍马

24谜底：粉笔

25谜底：书

26谜底：毛笔

27谜底：网球

28谜底：毽子

29谜底：标枪

30谜底：彩色蜡笔

31谜底：文具盒

32谜底：铅笔

33谜底：地图

34谜底：订书机

35谜底：走马灯

36谜底：跳绳

37谜底：举重

38谜底：高低杠

39谜底：五项全能

40谜底：墨

41谜底：秋千

42谜底：砚

43谜底：象棋

44谜底：圆规

45谜底：篮球

46谜底：陀螺

47谜底：滑梯

48谜底：鞍马

49谜底：图钉

50谜底：钢琴

51谜底：笙

52谜底：腰鼓

53谜底：手风琴

54谜底：笔

55谜底：笛子

56谜底：胡琴

57谜底：鼓

58谜底：钢笔

59谜底：唢呐

60谜底：地球仪

61谜底：毽子

62谜底：砚、墨、毛笔、纸

63谜底：笛子

64谜底：鞍马、铅球、
　　　　哑铃、铁饼

65谜底：圆规

66谜底：秋千

67谜底：钢琴

68谜底：锣

69谜底：扯铃

70谜底：气球

71谜底：水球

72谜底：拨浪鼓

73谜底：不倒翁

74谜底：毛笔、铅笔、
　　　　钢笔、粉笔

75谜底：跷跷板

《药谜难不倒神医》谜底：
穿心莲、杭菊、满天星、生
地、万年青、千年健、益
母、防己、商陆、当归、远
志、苦参、续断、厚朴、白
术、没药

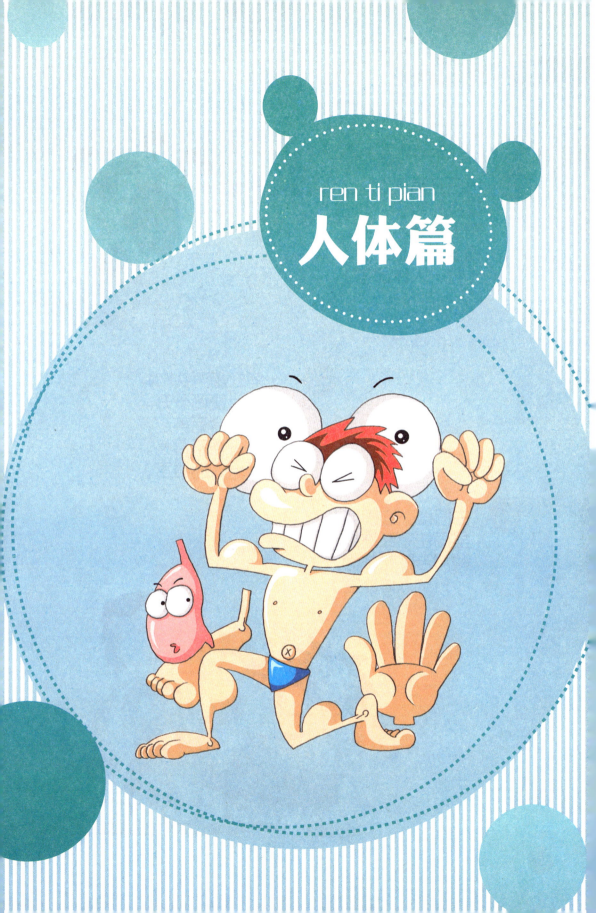

ren ti pian

人体篇

1 日日开箱子，
夜夜关箱子。
箱里一面小镜子，
镜里一个小影子。
（打一人体器官）

2 一堵红墙两头窄，
能够拦腰两分开。
红墙启合话声起，
你说奇怪不奇怪。
（打一人体器官）

3 白门楼，红围墙，
里面住个红姑娘，
酸甜苦辣它都尝。
（打一人体器官）

4. 此物管八面，人人有两片。
   用手摸得着，自己看不见。
   （打一人体器官）

5. 小小石头硬又白，
   整整齐齐排两排。
   天天早起刷干净，
   结结实实不易坏。
   （打一人体器官）

6. 两座房子圆又圆，却能装人万万千。
   要问房子有多大，一粒沙子容不下。
   （打一人体器官）

7. 十个秃头小孩，分开站在两旁。
   同床同被同睡，合穿两件衣裳。
   （打一人体器官）

8. 黑山洞里一座桥，
   一头生根一头摇。
   车马行人难通过，
   鸡鸭鱼肉却能跑。
   （打一人体器官）

9 站着它在上，
趴着它在前。
发号施令忙，
智慧藏里边。
（打一人体器官）

10 哥们十个分两家，
干起活来要请它。
开机器，种庄稼，
越干越巧劲越大。
（打一人体器官）

11 五个兄弟，住在一起。
名字不同，高矮不齐。
（打一人体器官）

12 十个小伙伴，分成两个班。
互相团结紧，倒海又移山。
（打一人体器官）

13　兄弟生来三十多，
　　先生弟弟后生哥。
　　平常事情弟弟办，
　　大事一来请哥哥。
　　（打一人体器官）

14　左边一个孔，右边一个孔。
　　是香还是臭，问它它就懂。
　　（打一人体器官）

15　小石碑，几十块，
　　竖在门口分两排。
　　日夜三次大门开，
　　十人两桨划进来。
　　（打一人体器官）

16　一对孩子并排走，
　　脊背朝前肚朝后。
　　头上顶着擎天柱，
　　同心协力抬高楼。
　　（打一人体器官）

17 上边毛，下边毛，
中间夹颗黑葡萄。
假如你要猜不着，
请你对我瞧一瞧。
（打一人体器官）

18 平地一座山，
望去看不见。
手可撞到山顶，
脚踏不到山边。
（打一人体器官）

19 高高山上一堆草，密密麻麻长得好。
年复一年常整理，黑变白来多变少。
（打人身上某物）

20 韭菜种在红藤坝，
根儿朝上叶朝下。
颜色有黑也有白，
天天浇水不开花。
（打人身上某物）

陆羽有谜难孟郊

"慈母手中线，游子身上衣，临行密密缝，意恐迟迟归。谁言寸草心，报得三春晖。"这首唐诗你一定背诵过吧。

它是谁写的呢？对啦！是孟郊。孟郊和陆羽十分要好，平时相互之间经常走访，有时也爱互相出谜逗趣。

一个夏天的傍晚，孟郊又来到陆羽的隐居处。孟郊正要进院门，陆羽却把他拦在门口。陆羽对孟郊笑着说："且慢进屋，我上午刚作了一则诗谜考小书童，可他到现在也未猜出谜底。你来得正巧，猜猜看，也请你斧正斧正！"

孟郊一听，说："好呀！说来听听。"陆羽随即吟道："一语言罢水清清，两人墙头看分明。三人牵头缺角牛，人在草木丛中行。"

吟罢又说道："每句各猜一字，四字可连成两句话。"孟郊略加思索，便对正巧从里屋出来的书童唤道："搬凳！上茶！"陆羽一听，便知孟郊已将此谜猜出，随即吩咐书童上茶，并将孟郊迎至院中凉亭坐下，开怀畅聊。

聪明的小读者，你能猜出这两句话来吗？

谜语答案

1谜底：眼睛

2谜底：嘴唇

3谜底：舌头

4谜底：耳朵

5谜底：牙齿

6谜底：眼睛

7谜底：脚趾

8谜底：舌头

9谜底：头

10谜底：手

11谜底：手指

12谜底：手

13谜底：牙齿

14谜底：鼻子

15谜底：嘴

16谜底：小腿

17谜底：眼睛

18谜底：鼻子

19谜底：头发

20谜底：胡子

《陆羽有谜难孟郊》谜底：请坐，奉茶

1　釜底抽薪。
　　（打一医学用语）

2　太守归而宾客从也。
　　（打一中药名）

3　果在刺中央，秋来满山冈。
　　核仁是良药，安神作用强。
　　（打一中药名）

4　三九时节冷飕飕。
　　（打一中药名）

5　条条大道无阻拦。
　　（打一中药名）

6. 龙王跨下驹。
   （打一中药名）

7. 他乡遇故知。
   （打一中药名）

8. 皇帝身上袍。
   （打一中药名）

9. 看则无形，摸则有踪。
   若是无踪，要被送终。
   （打一医学用语）

10. 长生不老。
    （打一中药名）

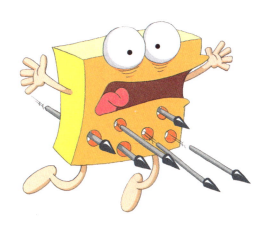

11. 五指山。
    （打一中药名）

12. 绿林好汉。
    （打一中药名）

13. 天高云淡。
（打一中药名）

14. 九死一生。
（打一中药名）

15. 九九归一。
（打一中药名）

16. 苦熬三九。
（打一中药名）

17. 牧童。
（打一中药名）

18. 老蚌生珠。
（打一中药名）

19. 黑色丸子。
（打一中药名）

20 分兵出发。
（打一中药名）

21 满城尽带金甲。
（打一中药名）

22 舍己救人。
（打一西药名）

23 谋士难当。
（打一中药名）

24 月中神树。
（打一中药名）

25 一架照相机，大得真出奇。
不照你样子，照进骨头里。
（打一医用设备）

26　五月初五。
　　（打一中药名）

27　红色顾问。
　　（打一中药名）

28　天府之宝。
　　（打一中药名）

29　胸中荷花。
　　（打一中药名）

30　晴空夜珠。
　　（打一中药名）

31　初入其境。
　　（打一中药名）

32. 老娘获利。
（打一中药名）

33. 假期休完。
（打一中药名）

34. 浪费钱财。
（打一中药名）

35. 孩儿拜见父王。
（打一中药名）

36. 味道真不好，买来一大包。
难吃偏要吃，不吃就糟糕。
（打一药品）

37. 涨潮。
（打一中药名）

38. 车。
（打一中药名）

39　滔滔不绝。
（打一中药名）

40　踏花归来蝶绕膝。
（打一中药名）

41　稀世珍宝。
（打一中药名）

42　和平已不远。
（打一西药名）

43　左眼看到鬼。
（打一医学名词）

44　常年戴个玻璃帽，
常喝浓酒醉不倒。
沾点火星发脾气，
头上呼呼火直冒。
（打一医用品）

45 生得亮晶晶，中外都有名。
本领真不小，治好聋哑人。
（打一医用品）

46 一头粗，一头细，
身上有铁有玻璃。
十字箱里来睡觉，
蒸汽锅里把澡洗。
（打一医用品）

47 橡皮管，挂耳上，
小圆块，贴心房。
白衣大夫依靠它，
懂得病情怎么样。
（打一医用品）

48 山连山，山叠山，
横山竖立平顶上。
远望山顶比眼力，
看完大山看小山。
（打一医用品）

49 医生桌上一只盒，
盒里带子捆胳膊。
捏小球来看小柱，
知你高低有几多。
（打一医用品）

50 割肉不用刀，
只有光一道。
霎时皮肉开，
伤口出血少。
（打一医用设备）

51 一头粗，一头细，
浑身上下是玻璃。
细的倒比粗的粗，
粗的反比细的细。
（打一医用品）

纪晓岚题字戏和珅

清朝乾隆年间有个大学士，叫纪晓岚。他能诗善文，通晓经史，生性诙谐，常以奇言妙语谐谑权贵。

一次，和珅为示风雅，在官邸后花园建书亭一座，邀请纪晓岚题写匾额。纪晓岚平时听说和珅的几个宝贝儿子全是吃喝嫖赌、不通文墨的花花公子，便有意要作弄他们一下。于是，他挥笔写下"竹苞"二字。

和珅以为纪晓岚是取"竹苞松茂"之意，称赞他书亭四周的翠竹美景呢，于是乐呵呵地说："清高，雅致，妙不可言！"忙命令能工巧匠将这龙飞凤舞的"竹苞"二字精雕细刻，镶于书亭之上。

有一天，乾隆皇帝御驾亲临，见书亭匾额，大笑不已。和珅张大了嘴巴，感到莫名其妙，但又不好问皇帝，只得傻傻地站在一边。乾隆皇帝解释说："和爱卿，这是纪晓岚在嘲笑你家的宝贝儿子呢!"

和珅听了，恍然大悟，直骂自己糊涂。

原来，"竹苞"二字拆开来读，则是"个个草包"的意思，纪晓岚是在讽刺和珅的儿子们胸无点墨、不学无术呢。

冯梦龙巧戏算命先生

明朝崇祯年间，冯梦龙任福建寿宁县知县。他为官清廉，关心民生，被当地百姓称为清官。

有一天，冯梦龙决定深入百姓生活，体察一下民情，于是他装成普通老百姓的样子，在县城里来回转。他走着走着，看见街口围着一群人，走近一看，原来是一个自称张半仙的算命先生正在算命，骗人钱财。

冯梦龙决定教训一下这个骗钱的人，便说："你自称半仙，看来一定很灵。我有四句诗谜念给你听，你猜猜看这是什么东西？"说罢，冯梦龙便吟道："上无半片泥瓦，下无立锥之地。腰间挂着葫芦，满口阴阳怪气！"

张半仙一听，顿时收起卦摊溜了。冯梦龙的诗谜说的是个什么字呢？原来是个"卜"字。这样，冯梦龙通过一个字谜把骗人钱财的算命先生奚落了一番。

马鞍藏雄心

明隆庆年间辛未会试，江阴举人袁舜臣准备进京参加科举考试，在出门之前，他在马鞍上题了一首诗：

六经蕴藉胸中久，一剑十年磨在手。

杏花头上一枝横，恐泄天机莫露口。

一点累累大如斗，掩却半妆何所有。

完名直待桂冠归，本来面目君知否？

一路上，大家都觉得奇怪：此人为什么要在马鞍上题诗啊。后来，苏州举人刘王咸看到了，大呼袁舜臣此次赶考志在必得。原来，马鞍上的这首诗，藏了四个字——"辛未状元"。六加一、十，是个"辛"；杏除去口加一横，是个"未"；"妆"去掉一半，剩下"丬"，"大"加一点为"犬"，"丬""犬"相加，就是"状"；"完"去掉"宀"，就是"元"字。

谜语答案

1谜底：退烧

2谜底：六一散

3谜底：酸枣仁

4谜底：天冬

5谜底：路路通

6谜底：海马

7谜底：一见喜

8谜底：龙衣

9谜底：号脉

10谜底：万年青

11谜底：佛手

12谜底：草蔻

13谜底：空青

14谜底：独活

15谜底：百合

16谜底：忍冬

17谜底：牵牛子

18谜底：贝母

19谜底：乌药

20谜底：行军散

21谜底：黄连

22谜底：维他命

23谜底：苦参

24谜底：桂枝

25谜底：X光机

26谜底：半夏

27谜底：丹参

28谜底：川贝

29谜底：穿心莲

30谜底：满天星

31谜底：生地

32谜底：益母草

33谜底：当归

34谜底：金银花

35谜底：太子参

36谜底：中药

37谜底：胖大海

38谜底：莲心

39谜底：长流水

40谜底：香附

41谜底：金不换

42谜底：安乃近

43谜底：可见异物

44谜底：酒精灯

45谜底：银针

46谜底：注射器

47谜底：听诊器

48谜底：视力表

49谜底：血压计

50谜底：激光手术刀

51谜底：注射器

jiao tong yun shu pian

交通运输篇

1 双臂朝天，扶着长线。
奔走城中，与人方便。
（打一交通工具）

2 一盏灯，亮晶晶，
不怕暴雨和狂风。
夜夜睁眼到天明，
专给轮船指航程。
（打一交通设施）

3 四眼像铜铃，四脚圆滚滚。
腰间有嘴巴，专吃过路人。
（打一交通工具）

4 小铁马，跑得猛，
执行任务一阵风。
别看头上一只眼，
遇见小沟能腾空。
（打一交通工具）

5 驼背公公，力大无穷。
爱驮什么？车水马龙。
（打一交通设施）

6 不用砖瓦起高楼，
铁壳地板尖尖头。
载人运货容量大，
江河湖海任遨游。
（打一交通工具）

7 肚子大，尾巴小，
垂直起飞多轻巧。
背上生个大翅膀，
起落不必用跑道。
（打一交通工具）

8 充气橡皮腿，
喝油也喝水。
送人又载货，
奔跑快如飞。
（打一交通工具）

9 　脚踏两根铁棍，头生一只眼睛。
　　一路叫一路奔，轰隆轰隆往前冲。
　　（打一交通工具）

10 　这只船儿真奇怪，
　　肚上长出翅膀来。
　　开得稳，划得快，
　　急了它就飞起来。
　　（打一交通工具）

11 　海上有了信号兵，
　　不怕浪打风雨淋。
　　为使轮船不迷航，
　　夜夜工作到天明。
　　（打一交通设施）

12 　一只大雁两翅膀，
　　银光闪闪爱飞翔。
　　展翅能飞千万里，
　　起飞就把歌儿唱。
　　（打一交通工具）

13. 背负铁骨长皮带，
    身穿红袍真奇怪。
    警报一响便出去，
    车辆行人数它快。
    （打一交通工具）

14. 常年站在公路上，
    不叫苦来不换岗。
    三岔路口扎下根，
    专给车辆指方向。
    （打一交通设施）

15. 身背大铁箱，天热满街走。
    好像龙喷水，跑在街道上。
    （打一机动车）

16. 有艘小船不下滩，
    穿云破雾上蓝天。
    宇宙空间转一转，
    科学资料装满船。
    （打一高科技产品）

17 天上飞，不是鸟，
前边翅膀大，
后边翅膀小，
喝饱汽油飞得高。
（打一交通工具）

18 航行大海快如飞，
不靠桨儿浪里推。
轮船世家新弟兄，
专借空气显神威。
（打一交通工具）

19 身子长长似条龙，
从头到尾节节通。
一日千里不歇脚，
运输线上日夜忙。
（打一交通工具）

20 钢铁身子重万斤，
搁在水里它不沉。
不怕风浪大，
就怕水不深。
（打一交通工具）

21 稀奇稀奇真稀奇，
两个圆圈地上转。
不吃饭来不穿衣，
人人当它驴马骑。
（打一交通工具）

22 彩虹落人间，横跨大江边。
虹上汽车过，水流虹下面。
（打一交通设施）

23 远看就像两层楼，
不能住人只供走。
别看没有红绿灯，
车来车往不发愁。
（打一交通设施）

24 小铁驴，真叫好，
屁股后面把烟冒。
一边叫来一边跑，
敢与火车来赛跑。
（打一交通工具）

25 你说稀奇不稀奇，汽车长着长手臂。
抓起东西往上举，千斤万斤不费力。
（打一工程机械）

26 长长一条龙，走路轰隆隆。
遇水过铁桥，遇山钻山洞。
脚下钢轮力气大，
日行千里真威风。
（打一交通工具）

27 身体长长分几节，
燃料提炼很特别。
运载工具它第一，
飞向太空不停歇。
（打一高科技产品）

笑话乐翻天

教堂里，一个小男孩在祈祷："上帝呀！我只有一个小小的心愿，请把首都移到纽约吧！"一个牧师在旁边听到后，问小男孩："小朋友，你为什么希望把首都移到纽约？"小男孩答道："有一道考试题问的是首都在哪儿，我答的是纽约。"

28 谁都知它最热心，
不欺老少不嫌贫。
不怕风吹和雨打，
夜夜辛苦伴行人。
（打一公共设施）

29 钢铁大汉胖墩墩，
走起路来慢吞吞。
筑路工人喜欢它，
路见不平滚一滚。
（打一工程机械）

30 一匹马儿真正好，
没有尾巴没有脚。
不喝水来不吃草，
骑上它就满街跑。
（打一交通工具）

巧猜哑谜

在一次猜谜晚会上，主持人设计了这么一道哑谜。

桌子上摆着一座山水盆景，盆景里的假山上放着一只制作精巧、栩栩如生的绸老虎。主持者要求猜谜的人通过两个无声的动作，表达出两个成语。猜中者可以获得这个玩具。

过了很久，竟没有一个人猜中。

又过了一会儿，一个聪明的小学生走过去，拿起小老虎放到桌子上，然后看了一会儿又放回原处走了。

主持人高兴地追上小孩儿，把礼品送给了他。

想一想，这两个成语是什么呢？

王冕画画

　　王冕，字元章，元代著名的画家、诗人。因为家境贫寒，十岁时，王冕就开始为本村的一户地主家放牛。王冕虽然家贫、生活艰苦，但聪明伶俐，勤奋好学，他经常借着附近寺院里的长明灯的灯光读书。当时的大儒韩性非常欣赏王冕的这种求学精神，便收王冕为学生，教他读书、画画。王冕非常喜欢画画，经常一边放牛一边用树枝在沙地上画画。

　　一天，地主外出散步时发现王冕正在画画，便阴阳怪气地说："我说一样东西，你必须马上给我画出来，如果画不出来，就不许你吃饭！"说完，地主摇头晃脑地说："小小一条龙，须长背又弓。生前没有血，死后浑身红。"王冕并没有被地主的谜语难倒，他立即把谜底画了出来。聪明的读者，你知道王冕画的是什么吗？

谜语答案

1谜底：电车

2谜底：航标灯

3谜底：公共汽车

4谜底：摩托车

5谜底：桥

6谜底：轮船

7谜底：直升机

8谜底：汽车

9谜底：火车

10谜底：水翼船

11谜底：航标灯

12谜底：飞机

13谜底：消防车

14谜底：路标

15谜底：洒水车

16谜底：宇宙飞船

17谜底：飞机

18谜底：气垫船

19谜底：火车

20谜底：轮船

21谜底：自行车

22谜底：桥

23谜底：立交桥

24谜底：摩托车

25谜底：起重机

26谜底：火车

27谜底：多级火箭

28谜底：路灯

29谜底：轧路机

30谜底：自行车

《巧猜哑谜》谜底：调虎离山、放虎归山

《王冕画画》谜底：虾

jun shi pian

军事篇

1 铁脖长长有一丈，
深深口子朝天望。
它要冒火发脾气，
空中飞贼把命丧。
（打一武器）

2 嘀嘀嗒，嘀嘀嗒，没有嘴巴会说话。
声音虽小传万里，重要消息它传达。
（打一军事用品）

3 大鱼披铁甲，眼睛背上长。
能钻入水下，又能出水面。
（打一军事用品）

4 一对圆眼黑娃娃，
眼睛能够变戏法。
东西被它看一看，
远变近来小变大。
（打一军事用品）

5.　衣服。
　　（打一军事设备）

6.　一批一批富起来。
　　（打一军事用语）

7.　钢铁胸膛长嘴巴，
　　莫看平时不说话。
　　一见敌人如雷吼，
　　横扫千军威力大。
　　（打一武器）

8.　像个小背包，本领可不小。
　　平时能开山，战时打碉堡。
　　（打一军事用品）

9.　穿铜袍，戴铁帽，
　　寸半小人脾气暴。
　　一撞屁股脑袋掉，
　　打死豺狼和虎豹。
　　（打一军事用品）

10　说是枪，没有膛。
　　说是箭，又太长。
　　红胡须，脖上长。
　　（打一武器）

11　大鸟圆翅膀，
　　飞时不向上。
　　一旦落地面，
　　翅膀像衣裳。
　　（打一军事用品）

12　生来我是千里眼，
　　飞贼一来就看见。
　　立刻告诉指挥部，
　　拉开天网把敌歼。
　　（打一军事设备）

13　彩排。
　　（打一军事用语）

14 说星星，不是星，
阳光之下亮晶晶。
拍照片，空中行，
见到敌情便报警。
（打一军事设备）

15 不是簸箕不是锅，
不是面盆不是锣。
出操行军我戴它，
执勤打仗它护我。
（打一军事用品）

16 圆圆溜溜像西瓜，
水里藏身把敌杀。
封锁航道设关卡，
敌舰来了炸开花。
（打一武器）

17 小信箱，背上扛。
小蜻蜓，立头上。
轻轻喊，细细答。
传命令，打胜仗。
（打一军事设备）

18. 一串强弧光，敌机见了慌。
目标盯得准，为国固空防。
（打一军事设备）

19. 一个铜娃娃，生来嗓门大。
从小就参军，常把命令下。
（打一军事用品）

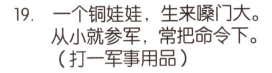

20. 飞将军自重霄入。
（打一军事用语）

21. 二山紧相连，
二山各不同。
（打一军事用语）

22. 掷出拉尾巴，落地就开花。
平时不吭声，吭声把敌杀。
（打一武器）

23. 不敢高声语。
　　（打一军事用语）

24. 一个瓜，腰上挂，
　　抽了筋，就开花，
　　消灭敌人要用它。
　　（打一武器）

25. 铁头木尾巴，生来脾气大。
　　尾巴拉一下，头上就爆炸。
　　（打一武器）

26. 西瓜圆又大，用时埋地下。
　　若是碰上它，地上开朵花。
　　（打一武器）

27. 水里一个瓜，
　　浑身长疙瘩。
　　敌船碰着了，
　　水底喂鱼虾。
　　（打一武器）

28. 诸葛抚琴却仲达。
（打一军事用语）

30. 枕戈待旦。
（打一军事用语）

29. 正当防卫。
（打一军事用语）

31. 犹如猛虎巧藏身，悄悄静卧没响声。
待到飞来害人鸟，猛吼一声鸟丧生。
（打一武器）

32. 腹中空空棒，有火不吭声。
若是一拉绳，开花不费劲。
（打一武器）

33 小铁马儿用处大，
开口就是哒哒哒。
吐出火球一串串，
管叫敌人回老家。
（打一武器）

34 一见闪电忙掩耳。
（打一军事设备）

35 飞骑解围。
（打一军事用品）

36 我要登天有目标，
全程只需跳三跳。
一次更比一次快，
一次更比一次高。
（打一军事设备）

37 凸凹玻璃有几片，
装在筒上紧相连。
远方有啥在活动，
望见有如在眼前。
（打一军事用品）

38 嗓粗嘴巴大，轻易不说话。
轰隆一声响，落地就开花。
（打一武器）

39 样子像台拖拉机，
铁头铁脑铁身体。
只喝油来不犁地，
冲锋陷阵在头里。
（打一武器）

40 拂袖而去。
（打一军事用语）

41 霹雳一声暴动。
（打一军事用语）

42 小鸭子，嗓门大，
张口就是嘎嘎嘎。
喷出火蛇一条条，
打得敌人喊爹妈。
（打一武器）

43. 肉包子打狗。
（打一军事用语）

44. 背着像个布疙瘩，
撒在半空像朵花。
腾云驾雾本领大，
空军叔叔最爱它。
（打一军事用品）

45. 戎装未卸抚琴弦。
（打一武器）

46. 个儿高，眼光好，
夜夜对着天空瞧。
不看星星不瞅月，
专找空中坏强盗。
（打一军事设备）

47. 默默不爱发言，
出声动地惊天。
谁要惹它发火，
大山能掀半边。
（打一武器）

48 雁点青天字一行。
（打一军事用语）

49 一朝遭蛇咬。
（打一军事用语）

50 冒牌冠军。
（打一军事用语）

51 将军金甲夜不脱。
（打一军事用语）

52 晴天响雷敲金鼓。
（打一军事用语）

53 猴子捞月，竹篮打水。
（打一军事用语）

54. 张良荐贤。
（打一军事用品）

55. 御驾亲征。
（打一军事用语）

56. 有针不是表，只把方位报。
旷野雾中行，靠它指目标。
（打一军事用品）

57. 鱼水情深难割舍。
（打一军事用语）

58. 刀刃凝霜。
（打一军事用语）

59 不是炒勺不是锅，
既非面盆也非锣。
行军走路背着走，
打起仗来护脑袋。
（打一军事用品）

60 大力发展贸易业。
（打一军事用语）

　　医生对病人说："你的病似乎非常严重。只看你的一只眼睛我就知道，你患肺炎，经常发烧，关节有风湿。"

　　病人："请你看另外一只眼睛吧，你刚才看的那只是我的假眼！"

妙语尝肉

宋朝的苏东坡与和尚佛印是很好的朋友。一天，苏东坡去金山寺看望佛印和尚，还没有走进禅房，就闻到了酒肉的香味。

原来，佛印不戒酒肉，性情豪放，诙谐幽默。在苏东坡来之前，佛印正好炖了一锅狗肉，边喝酒边吃肉。正当他吃得起劲儿时，听到苏东坡来了，佛印连忙把酒肉藏了起来。

苏东坡早就看清楚了，决定和佛印开个玩笑："我今天写了一首诗，有两个字一时想不起来是怎样写的，所以特来请大师指点。"佛印说："好啊！是哪两个字？"东坡说："一个是'犬'字，一个是'吠'字。"佛印哈哈大笑说："小僧还以为是什么疑难字呢！这个'犬'字的写法是'一人一点'嘛！"东坡又问："那么'吠'字呢？"佛印回答道："犬字旁边加个'口'就是'吠'了！"

苏东坡说："既然如此，那你快把藏起来的酒与肉端出来，一人一点，加上我这一口来吃吧！"两人不由得相视而笑。

莲船巧骂贪官

明初，江西有个知府，姓甘名百川，人称五道太守。他上任不久就露出了贪官本相。这一年元宵节，当地百姓用白纸糊了一只旱地莲船，游行上街。那条旱地莲船的样子可真是不一般：船前面有两个人，扮成了两头狮子，口里衔着一个大元宝。船旁站着五个道士，都歪戴着帽子。中间一个道士举着一根竹竿，竹竿除竿头上有点儿青色外，其他部分都是黄色的。这样一支离奇的队伍，缓缓地穿过闹市，引来了许多闲人，人们看了都捧腹而笑。

原来，这既是一出讽刺剧，又是一首隐语诗，还是一则哑谜。它暗藏着四句话："好个干白船（甘百川），两狮（司）都咬（要）钱；五道冠（官）不正，一竿（甘）青（清）不全。"人民百姓敢怒不敢言，就用传统的文化娱乐形式，巧妙而又辛辣地揭露了甘百川的贪赃枉法。

谜语答案

1谜底：高射炮
2谜底：发报机
3谜底：潜水艇
4谜底：望远镜
5谜底：掩蔽体
6谜底：连发
7谜底：大炮
8谜底：炸药包
9谜底：子弹
10谜底：红缨枪
11谜底：降落伞
12谜底：雷达
13谜底：演习
14谜底：侦察卫星
15谜底：钢盔
16谜底：水雷
17谜底：对讲机
18谜底：探照灯
19谜底：军号
20谜底：空降
21谜底：出击
22谜底：手榴弹
23谜底：秘密地道
24谜底：手榴弹
25谜底：木柄手榴弹

26谜底：地雷
27谜底：水雷
28谜底：退伍
29谜底：反攻
30谜底：常备武器
31谜底：防空导弹
32谜底：爆破筒
33谜底：机关枪
34谜底：预警雷达
35谜底：急救包
36谜底：火箭
37谜底：望远镜
38谜底：大炮
39谜底：坦克
40谜底：走火
41谜底：闪电战
42谜底：机关枪
43谜底：空投
44谜底：降落伞
45谜底：穿甲弹
46谜底：探照灯
47谜底：大炮
48谜底：空中编队
49谜底：永久防线
50谜底：装甲部队

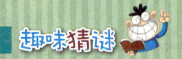

51谜底：全天候战斗   56谜底：指南针

52谜底：空中打击   57谜底：民兵连

53谜底：空对空   58谜底：冷兵器

54谜底：引信   59谜底：头盔

55谜底：孤军作战   60谜底：加强营

shi wu pian

食物篇

1. 一个黑孩，从不开口。
   要是开口，掉出舌头。
   （打一食物）

2. 面孔白如霜，跌入圆池塘。
   待人来救起，白脸已蜡黄。
   （打一食物）

3. 只只乒乓球，潜入水中游。
   球儿浮起来，赶快捞起走。
   （打一食物）

4. 飞来一群鹅，
   见水就跳下河。
   （打一食物）

5. 一层一层又一层，
   层层抹上好香油。
   看似馒头却不是，
   吃起来时香喷喷。
   （打一食物）

6. 水中宝石一块块，
   不似真的坚和脆。
   唐家小姐来作陪，
   鲜嫩可口真叫美。
   （打一食物）

7 田里奶，雪白生，
到义乌李宅宿一夜，
七日八夜洗勿白。
（打一食物）

8 腹内香甜如蜜，心中花红柳绿。
白沙滩上打滚，清河水中沐浴。
（打一食物）

9 藤家的小姐，配水家为妻。
唐相公做媒，楚霸王调戏。
（打一食物）

10 一物生得白粉团，
忽然得病受风寒。
面带忧愁身犯懒，
浑身好像乱箭穿。
（打一食物）

11. 一个罐，扭鼻梁，
    里面盛着油盐糖。
    （打一食物）

12. 小白狗，沿河走。
    射一枪，咬一口。
    （打一食物）

13. 小白罐，弯弯盖，
    里面盛着杂烩菜。
    （打一食物）

14. 又圆又方，又甜又香。
    你若不相信，头上一个印。
    （打一食物）

15. 白绸缎，红绸块，
    挂壁上，人人爱。
    （打一食物）

16. 腹中香甜如蜜，心中花红柳绿。
    波谷浪尖打滚，白龙湖中沐浴。
    （打一食物）

17 三角四棱长，里面珍珠藏。
想吃珍珠肉，解带脱衣裳。
（打一食物）

18 本来一大片，变成千条线。
是线不缝衣，只在锅里见。
（打一食物）

19 两个瘦子细又长，
扭在一起跳池塘。
有人拿棒来救起，
瘦子变得胖又黄。
（打一食物）

20 四四方方一块田，
零零碎碎卖铜钱。
（打一食物）

21 高山一群小白鸽，
尖尖嘴儿满肚食。
刚从汤溪城里过，
又到杜家去投宿。
（打一食物）

22 白纸包松香，抛在海中央。
听得潮水涨，连忙把网张。
（打一食物）

23 平日不思，中秋想你。
有方有圆，又甜又蜜。
（打一食物）

24 四角尖尖草束腰，
浪荡锅里走一遭。
若还遇着唐三藏，
将身剥得赤条条。
（打一食物）

笑话乐翻天

　　小学历史课上，老师问小华："你知道我国在隋朝之后还有几个王朝吗？分别是哪几个？"

　　小华红着脸说："我……我不知道。"

　　老师说："那你要记住了，有五个，分别是唐宋元明清，明白了吗？"

　　小华高兴地说："明白了，糖醋盐味精，对吧，老师。"

25 白娘子，穿黑衣。
会吃的成双成对，
不会吃的五马分尸。
（打一食物）

26 颜色白白，像雪不是雪。
味道甜甜，像蜜不是蜜。
（打一食物）

27 无父无母结成胎，
此物正是风吹来。
感谢十指扶成就，
两扇劈开跳出来。
（打一食物）

28 前面来了一群鹅，
扑通扑通跳下河。
等到潮水涨三次，
一股脑儿赶上坡。
（打一食物）

29. 将军要戴铁帽，
    火气大得直冒。
    等到三杯吃过，
    屋子角落睡觉。
    （打一饮料）

30. 一刀剖开舟两叶，
    内有黄金和白玉。
    （打一食物）

31. 一粒粒，一颗颗，
    亮晶晶，装一锅。
    一日三餐少不了，
    香气扑鼻满一屋！
    （打一食物）

32. 色彩艳，奶油多。
    吹蜡烛，唱首歌。
    什么歌，生日歌！
    （打一食物）

33. 胖胖玻璃柱，圆圆短铁柱。
    存放时间久，滋味如当初。
    （打一食物）

34. 底下平平，上面圆圆。
白白香香，松松软软。
（打一食物）

35. 一群黄鸡娘，生蛋进船舱。
烤后一声响，个个大过娘。
（打一食物）

36. 白糖梅子真稀奇。
（打一食物）

37. 白胖胖，四方方，
一块一块摆桌上。
能做菜，能做汤，
常常吃它有营养。
（打一食物）

38. 土里下种，水里开花。
袋里团圆，案上分家。
（打一食物）

267

39 本是豆中生，又在水里长。
面积簸箕大，分量没四两。
（打一食物）

40 土里生，水里捞，
石头中间走一遭。
变得白净没骨头，
人人爱吃营养高。
（打一食物）

41 抽斗里，抽斗外，
抽斗里面好药材。
也能吃，也能卖，
就是不能晒。
（打一食物）

42 珍珠白姑娘，许配竹叶郎。
穿衣去洗澡，脱衣上牙床。
（打一食物）

43 粒粒四方方，
锅转白云祥。
插上金箍棒，
拿到嘴边尝。
（打一食物）

44 一只牛头四只角，
糖蘸筷戳。
（打一食物）

45 后门口，一群鹅，
客人来，赶下河。
（打一食物）

46 喝了池中一碗水，
又笑又骂又软腿。
（打一饮料）

笑话
乐翻天

　　妈妈问小明："你为什么将一盆水泼到小强头上？"

　　小明说："他洗完衣服没拧干就放在窗外，把水滴在我的头上了。"

　　妈妈说："好孩子是不会报复的。"

　　小明说："这不是报复，这是'滴水之恩，当涌泉相报'。"

47 雪白一群鹅，湖里来游过。
嘴家门前过，肚家门前落。
（打一食物）

48 生在山上，卖到山下。
一到水里，就会开花。
（打一食物）

49 白白一片似雪花，
落下水里不见它。
单独吃它会皱眉，
不吃它时活不下。
（打一调味品）

50 风华正茂，被刀砍倒。
阎罗王作证，陈屋王担保。
（打一食物）

纪晓岚逃惩受奖

纪晓岚天资聪颖，小时候就被称为"神童"。一年冬天，他穿着棉袄，拿着扇子，学着傻婆娘的样子在学堂里扭来扭去，逗着同学们玩儿。这一幕恰巧被老师看见了。

老师知道纪晓岚很聪明，便想乘机考考他。于是，他喝住纪晓岚说："你在学堂里捣乱，本该受罚，念你平时表现良好，若你能猜中我出的字谜，不但不被罚，反而另有嘉奖。"

听老师这么说，纪晓岚不禁精神大振，连声催促老师出题。

老师想了想，说："四个'不'字颠倒颠，四个'八'字紧相连，四个'人'字不相见，一个'十'字站中间。"

纪晓岚低头想了想，不但没有直接回答谜底，倒是反问起老师来："上看像'不'，下看像'不'，不是不上，就是不下，对吗？"

老师听后满意地点点头，不但没有惩罚纪晓岚，反而奖励他一块儿糖。

亲爱的小朋友，你知道他们师生二人说的是哪个字吗？

谜语答案

1谜底：瓜子
2谜底：豆腐
3谜底：汤圆
4谜底：饺子
5谜底：酥饼
6谜底：水晶糕
7谜底：乌饭
8谜底：元宵
9谜底：凉粉
10谜底：冻豆腐
11谜底：包子
12谜底：汤圆
13谜底：包子
14谜底：月饼
15谜底：腊肉
16谜底：元宵
17谜底：粽子
18谜底：面条
19谜底：油条
20谜底：豆腐
21谜底：汤圆
22谜底：馄饨
23谜底：月饼
24谜底：粽子
25谜底：西瓜子
26谜底：白糖

27谜底：糖人
28谜底：水饺
29谜底：啤酒
30谜底：鸡蛋
31谜底：米饭
32谜底：生日蛋糕
33谜底：罐头
34谜底：馒头
35谜底：爆米花
36谜底：元宵
37谜底：豆腐
38谜底：豆腐
39谜底：豆腐皮
40谜底：豆腐
41谜底：蜂蜜
42谜底：粽子
43谜底：棉花糖
44谜底：粽子
45谜底：饺子
46谜底：酒
47谜底：汤圆
48谜底：茶叶
49谜底：盐
50谜底：咸菜
《纪晓岚逃惩受奖》谜底：米

zi ran pian

自然篇

1 太阳送我到天上，
风伯送我去四方。
可怜我眼泪汪汪，
才能重返回故乡。
（打一自然现象）

2 白色花儿无人栽，
北风一夜遍地开。
无根无叶又无枝，
此花原从天上来。
（打一自然现象）

3 一根竹子，绵绵软软，
千刀万斩都不断。
（打一自然现象）

4 天冷它出来，白毛到处盖。
不怕风来吹，只怕太阳晒。
（打一自然现象）

5 多彩绳子颜色鲜，
雨后弯弯挂蓝天。
要问绳子有多长，
这山搭到那山前。
（打一自然现象）

6 刮西风，刮北风，
屋檐下面栽大葱，
嘎嘣嘎嘣赛脆梨。
（打一自然现象）

7 三匹红绫四匹绸，
一弯弯在大岭头。
人人说我像座桥，
可惜桥上不能走。
（打一自然现象）

8 早起像只红脚桶，
吃了中饭暖烘烘。
（打一天体）

275

9. 热天看不见，冷天才出现。
   倒挂玉筷子，生根在屋檐。
   （打一自然现象）

10. 做谜给你猜，两手拨不开。
    麻绳绞不拢，斧子砍不开。
    （打一自然界物质）

11. 有时落在山腰，
    有时挂在树梢。
    有时像面圆镜，
    有时像把镰刀。
    （打一天体）

12. 东方有个美红娘，
    忙忙碌碌过西厢。
    睡到早晨五更起，
    红娘跳出粉红墙。
    （打一天体）

13. 毫光突起，瞬息千里。
    一鸣惊人，带来风雨。
    （打一自然现象）

14 丝丝缕缕出门台，出了门台永不来。
我见主人愁眉展，主人见我泪涟涟。
（打一自然现象）

15 一根彩绸缎，挂在天门外。
不是风吹去，只因太阳晒。
（打一自然现象）

16 大小豆粒从天撒，
人畜庄稼都怕它。
尽干坏事伤天理，
掌握科技征服它。
（打一自然现象）

笑话乐翻天

小明："爸爸，一只黄蜂飞进屋里来了，快把咱家新买的喷雾剂拿来！"

爸爸："傻儿子，那是喷蚂蚁和蟑螂的啊！"

小明："那可千万别让它看到瓶子上的标签！"

17　红红一条龙，弯弯好像弓。
　　早晨挂在西，晚上挂在东。
　　（打一自然现象）

18　生在水中，
　　却怕水冲。
　　放在水里，
　　无影无踪。
　　（打一自然现象）

19　枪打没洞，刀砍无缝，
　　八十岁公公咬得动。
　　（打一自然界物质）

20　彩色锦缎挂天边，
　　夕阳映照更好看。
　　姑娘见了空欢喜，
　　不能剪来做衣裳。
　　（打一自然现象）

21　小珍珠，真可爱，
　　只能看，不能踩。
　　清晨长在绿草丛，
　　太阳一出无影踪。
　　（打一自然现象）

22　一根竹竿细又细，
　　上接天来下接地。
　　既不能晒衣，
　　也不能拿起。
　　（打一自然现象）

23　有个东西真奇妙，白光道道空中跑。
　　冬天时节无处找，暴雨天气常见到。
　　（打一自然现象）

24　家住西山海峡边，
　　走东过西从不停。
　　天下游戏唯有我，
　　亘古流传天下明。
　　（打一天体）

25　屋后一棵草，珍珠真不少。
　　我去没找到，你去也白跑。
　　（打一自然现象）

26　乍看白茫茫，细看有河床。
　　没有鱼儿游，不见船来往。
　　（打一自然景观）

27　一物生得怪，
　　天生怕太阳。
　　不晒硬铮铮，
　　一晒泪盈盈。
　　（打一自然现象）

28　说个宝，道个宝，万物生存离不了。
　　在你身边看不见，越往高处它越少。
　　（打一自然界物质）

29　不洗倒干净，洗洗不干净。
　　不洗有人吃，洗洗没人吃。
　　（打一自然界物质）

30. 自然界中数它轻，
平时藏身在水中。
能使气球飞上天，
可做燃料供热能。
（打一自然界物质）

31. 借助太阳才发光，
围绕地球日夜忙。
若是地球遮阳光，
娃娃指天问爹娘。
（打一天体）

32. 泥塘有串水葡萄，
咕嘟咕嘟往上冒。
用它照明又做饭，
大人小孩都说好。
（打一自然界物质）

33. 红彤彤，一大蓬，
见风它就逞凶狂。
无嘴能吃天下物，
单怕雨水不怕风。
（打一自然现象）

34. 四周撒满小白豆，
中间一个大馒头。
（打二天体）

35 有个毛公公，
天亮就出山。
有朝一日不见它，
不是下雨就刮风。
（打一天体）

36 银色带子，有短有长。
脚在海里，头在山上。
（打一自然界物质）

37 悬崖挂块大白帘，
千手万脚捉不住。
远听千军万马吼，
远看银泉飞下谷。
（打一自然界物质）

38 往日随风乱飞流，
骆驼当作一小舟。
海市蜃楼多奇景，
四化叫它绿油油。
（打一地貌）

39 上一半，下一半，
中间有线看不见。
两头寒，中间热，
一天一夜转一圈。
（打一天体）

40 拳打不睬，脚踢不理。
一百个大力士也抬不起。
（打一自然现象）

41 日夜奔波不停，春夏秋冬出工。
负载亿万乘客，一日数万行程。
（打一天体）

42 一个球，圆溜溜，
夜里人人不见，
日里家家都有。
（打一天体）

43 胸怀真宽大，
江河容得下。
朝涨暮就落，
风起掀浪花。
（打一自然界物质）

44 一个银盆，丢在空城。
想去拿来，不知路程。
（打一天体）

笑话乐翻天

父亲厉声训斥儿子："这学期你打架越来越厉害了！"

儿子："这——我已改了呀！"

父亲："改了？这报告书上老师明明白白写着'过去和个别同学打架，现在和同学打成一片'，这不是打得更厉害了吗？还嘴硬！"

45 青石板儿石板青，
青石板上挂明灯。
若问明灯有多少，
天下无人数得清。
（打一天体）

46 千颗星，万颗星，
满天星星数它明。
有它给你指方向，
夜里航行不用灯。
（打一星名）

47 放羊倌。
（打一星座）

48 银光闪闪白茫茫，
牛郎织女隔江望。
江中无船也无水，
喜鹊搭桥在江上。
（打一天文名词）

49　说它多大有多大，
　　日月星球全容纳。
　　无人知它始和终，
　　也没左右和上下。
　　（打一天文名词）

50　一帘白线半天高，
　　可惜纺机织不了。
　　剪刀裁它不会断，
　　只有风吹能折腰。
　　（打一自然现象）

51　远看好似大山，
　　近看好似炊烟。
　　虽然没有手脚，
　　游遍高山大川。
　　（打一自然现象）

52　赶羊群，吊银线，
　　彩色桥梁空中悬。
　　（打三种自然现象）

53. 江山成一统，井上黑窟窿。
    黑狗身上白，白狗身上肿。
    （打一自然现象）

54. 看不见来摸不到，
    四面八方到处跑。
    跑过江河水生波，
    穿过森林树呼啸。
    （打一自然现象）

55. 用手拿不起，用刀劈不开，
    煮饭和洗衣，都得请我来。
    （打一自然界物质）

56. 飞过江海起波涛，
    飞过戈壁扬尘沙。
    飞过森林惊鸟雀，
    飞过花园乱草花。
    （打一自然现象）

57. 这个东西真奇怪，天生就怕太阳晒。
    太阳不晒还不湿，越晒越是湿得快。
    （打一自然现象）

58 箭射没有洞，刀砍不留痕。
雨来成碎锦，风起现花纹。
（打一自然界物质）

59 蓝包袱，包银米。
天一明，就收起。
（打一天体）

60 一夜北风万花开，
我从天宫降下来。
今宵人间借一宿，
明朝日出升天台。
（打一自然现象）

笑话乐翻天

在一辆非常拥挤的公交车上，一个小男孩儿不停地吸着鼻涕。站在他对面的一位阿姨实在受不了了，她好奇地问："孩子，你有手绢吗？"

"有又怎么样？"小男孩儿生气地冲她喊道，"我不借给你！"

61 初出茅庐一张弓，
世上无人拉得动。
（打一天体）

62 一根枝儿矮墩墩，
上面挂着金银果。
过路先生莫挨我，
太阳出来我会躲。
（打一自然现象）

63 弯弯一座彩色桥，
高高挂在半山腰。
七色鲜艳真正好，
一会儿工夫不见了。
（打一自然现象）

64 无花无叶开白花，
满墙满院满篱笆。
日头出来吃个净，
我问君子什么花？
（打一自然现象）

65 世上有一宝，谁都离不了。
看也看不见，摸也摸不到。
要问它生在哪儿，就在身边找。
（打一自然界物质）

66 赤橙黄绿青蓝紫，
犹如彩练当空舞。
夏日雨后常常见，
太阳在西它在东。
（打一自然现象）

67 从低到高，由浓到淡。
忽左忽右，跟着风走。
（打一自然现象）

68 围着自己的轴心，永远不停旋转。
不知什么时候，才把圆圈画完。
（打一天体）

69 好吃没滋味，脏了不能洗。
掉到地面上，再也拿不起。
（打一自然界物质）

70 像云不是云，像烟不是烟。
风吹轻轻飘，日出慢慢散。
（打一自然现象）

71 三岁姑娘肩背弓，
沿山打猎到山东。
十五十六真威风，
廿七廿八一场空。
（打一天体）

72 敲金鼓，放焰火，
满园李花千万朵。
（打三种自然现象）

73 千条线，万条线，
落在水里看不见。
（打一自然现象）

74 忽然不见忽然有，
像虎像龙又像狗。
太阳出来它不怕，
大风一吹它就走。
（打一自然现象）

75 无数白马从天降，
盖得大地白茫茫。
白马从来不吃草，
草儿吃它长得旺。
（打一自然现象）

76 不速之客游天外，
偶尔闯进大气来。
熊熊烈火烧不尽，
长留人间几千载。
（打一自然现象）

77 小溪中散步，池塘里睡觉。
江河里奔跑，海洋里舞蹈。
（打一自然界物质）

78 两个圆圆饼，天天捧上门。
一个滚滚热，一个冷冰冰。
（打二天体）

79 无锅无火无人煮，
终年暖水流不完。
寒来暑往它不变，
除病保健喜延年。
（打一自然界物质）

80. 一胎两男。
    （打一星座）

81. 身体一点点，
    无头又无尾。
    不生翅膀也会飞，
    独怕落在眼睛里。
    （打一自然界物质）

82. 一种东西围着我，
    又无形色又无声。
    暂时离开它片刻，
    包你马上活不成。
    （打一自然界物质）

83. 大哥天上叫，二哥把灯照。
    三哥流眼泪，四哥到外跑。
    （打四种自然现象）

84. 天上有面鼓，藏在云深处。
    响时先冒火，声音震山谷。
    （打一自然现象）

85　有时候，圆又圆，
　　有时候，弯又弯。
　　有时晚上出来了，
　　有时晚上看不见。
　　（打一天体）

86　青石板，晒芝麻。
　　日里藏，夜里撒。
　　（打一天体）

87　说像糖，它不甜，
　　说像盐，又不咸。
　　冬天有时一片，
　　夏天谁都不见。
　　（打一自然现象）

笑话乐翻天

　　一个孩子捡到一盏神灯，神灯里的精灵告诉他可以许一个愿望。

　　孩子说："我想要一个蛋糕。"

　　精灵说："你的愿望太小了，应该许一个更大的。"

　　孩子高兴地说："那我要一个特大的蛋糕！"

88 小白花，飞满天，
下到地上像白面，
下到水里看不见。
（打一自然现象）

89 一个大红球，
形状圆溜溜。
夜里看不见，
白天常常有。
（打一天体）

90 打鸟捕兽人家。
（打一星座）

91 我到处乱跑，谁也捉不到。
我跑过树林，树木都弯腰。
我跑过大海，大海的波浪高又高。
（打一自然现象）

92 远看白光光，近看玻璃样。
越冷越结实，一热水汪汪。
（打一自然现象）

93. 湖南湖北，陕西外国。
    四方都有，云南没得。
    （打一天体）

94. 铜灯马，铁灯芯。
    挂南海，照北京。
    （打一天体）

95. 金捧盒，银捧盒，
    满天下只有两个。
    （打二天体）

96. 青石板，板石青，
    青石板上钉银钉。
    （打一天体）

97. 水皱眉，树摇头。
    花弯腰，云逃走。
    （打一自然现象）

98. 远看像座山，近看一溜烟。
（打一自然现象）

99. 不粗不细，顶天立地。
（打一自然现象）

100. 东天乒乒，西天旺亮。
树上鹦哥叫，河里鲤鱼跳。
（打一自然现象）

101. 一片一片又一片，
二片三片四五片。
六片七片八九片，
飞入芦花都不见。
（打一自然现象）

102. 红绸子，绿缎子，
仙女天上飘裙子。
（打一自然现象）

103 矮矮树，生白果。
我去摘，它哄我。
（打一自然现象）

104 我在青山永无踪，
好个画工难画容。
人人话我无用处，
三国之中立一功。
（打一自然现象）

105 远看一大蓬，近看朦胧胧。
（打一自然现象）

笑话乐翻天

六岁的弟弟向姐姐告状："小狗把我的布鞋咬破了。"
姐姐说："要惩罚小狗一下。"
弟弟说："我已经惩罚它了，我把狗盆里的食物全吃光了，让它饿一天，看它下次还敢不敢这样对我。"

106 老大老大，反穿马褂。
太阳一出，立即脱下。
（打一自然现象）

107 一块大白毡，
铺尽山川不见边。
（打一自然现象）

108 水中它不沉，火中它不燃。
（打一自然现象）

109 一面大鼓真奇妙，
地上没有天上吊。
秋冬两季不常见，
春夏来了常放炮。
（打一自然现象）

110 红公鸡，绿梢尾，
展展翅，一千里。
（打一自然现象）

111. 小风吹，吹得动。
大刀砍，不裂缝。
（打一自然界物质）

112. 灶台上，一棵树，
十个人，搂不住。
（打一自然现象）

113. 身体多轻柔，逍遥漫天游。
风来它就躲，雨来它带头。
（打一自然现象）

114. 细又细，微又微。
没有翼，也会飞。
（打一自然界物质）

115. 此花从古没人栽，
一夜风吹满地开。
看看无根也无叶，
不知谁送上门来。
（打一自然现象）

116 天样大，地样阔。
壁缝里，钻得过。
（打一自然现象）

117 生来本无形，走动便有声。
夏天无它热，冬天有它冷。
（打一自然现象）

118 小时针眼大，
大时满山坡。
能过千山万岭，
不能越过小河。
（打一自然现象）

119 深山坞里一丛草，
镰刀斧头砍不倒。
（打一自然现象）

120 你若声大它声大，你若声小它就哑。
同你腔调一个样，找遍四周不见影。
（打一自然现象）

121 对门山上有菟草，
草上珍珠结不少。
小妹拿来用线穿，
金线银线穿不了。
（打一自然现象）

122 一道银光一条线，
划过长空似利剑。
霎时跑了千万里，
眨下眼睛看不见。
（打一自然现象）

123 有红有白会变形，像凤像龙是化身。
往来千里不停留，一阵轻风吹干净。
（打一自然现象）

124 看不见，摸不着，
不香不臭没味道。
说它宝贵到处有，
动物植物离不了。
（打一自然界物质）

125 九州四海一美人，
十五六上天青青。
二十七八得了病，
三十岁上命归阴。
（打一天体）

126 昏昏沉沉，生在早晨。
说它是烟，你没留神。
（打一自然现象）

笑话
乐翻天

老师给学生布置了一篇作文，题目是："什么是懒惰？"

课后，当老师批阅杰克的作文时，发现第一页、第二页一个字也没有，直到第三页老师才找到这样一句话：这就是懒惰！

 石头指路

　　解缙考中全县头名秀才以后，他满载父老乡亲的重托，自己挑着书箱，翻山涉水，去省府南昌城参加选拔举人的乡试。

　　这一天，解缙来到一处三岔路口，不知该往哪条路走才是去南昌的方向，他心中十分焦急。正巧，有一位牧童骑着水牛，横吹短笛，缓缓而来。解缙连忙放下肩上的书箱担子，迎上前施了个拱手礼，然后问："请问这位小弟弟，上南昌城该走哪条路？"那牧童见这位书生哥哥非常懂礼貌，心里很高兴，心想："不知他学问如何，待我试一试！"于是，牧童翻身下牛，不声不响地走到一块大石头的后面，伸了伸头。

　　聪明的解缙一看，心领神会，连声说："谢谢小弟指路之恩！"说罢又深施一礼，然后挑起书箱，朝牧童指点的方向走去。

　　原来啊，"石"字伸出头，就是"右"字。小牧童告诉解缙该走右边的路。

谜语答案

1谜底：雨

2谜底：雪

3谜底：雨

4谜底：霜

5谜底：彩虹

6谜底：冰凌柱

7谜底：彩虹

8谜底：太阳

9谜底：冰凌柱

10谜底：水

11谜底：月亮

12谜底：太阳

13谜底：雷电

14谜底：烟

15谜底：彩虹

16谜底：冰雹

17谜底：虹

18谜底：冰

19谜底：水

20谜底：晚霞

21谜底：露珠

22谜底：雨

23谜底：闪电

24谜底：太阳

25谜底：露珠

26谜底：银河

27谜底：冰

28谜底：空气

29谜底：水

30谜底：氢气

31谜底：月亮

32谜底：沼气

33谜底：火

34谜底：月和星

35谜底：太阳

36谜底：江河

37谜底：瀑布

38谜底：沙漠

39谜底：地球

40谜底：影子

41谜底：地球

42谜底：太阳

43谜底：海

44谜底：月亮

45谜底：星星

46谜底：北极星

47谜底：牧夫星座

48谜底：银河

49谜底：宇宙

50谜底：雨

51谜底：云

52谜底：云、雨、虹

53谜底：雪

54谜底：风

55谜底：水

56谜底：风

57谜底：冰

58谜底：水

59谜底：星星

60谜底：雪

61谜底：月亮

62谜底：露珠

63谜底：彩虹

64谜底：雪

65谜底：空气

66谜底：彩虹

67谜底：烟

68谜底：地球

69谜底：水

70谜底：雾

71谜底：月亮

72谜底：雷、闪电、流星

73谜底：雨

74谜底：云

75谜底：雪

76谜底：流星

77谜底：水

78谜底：日和月

79谜底：温泉

80谜底：双子星座

81谜底：灰尘

82谜底：空气

83谜底：雷、电、雨、风

84谜底：雷

85谜底：月亮

86谜底：星星

87谜底：雪

88谜底：雪

89谜底：太阳

90谜底：猎户星座

91谜底：风

92谜底：冰

93谜底：太阳

94谜底：月

95谜底：日和月

96谜底：星星

97谜底：风

98谜底：云

99谜底：雨

100谜底：阵雨

101谜底：雪

102谜底：虹

103谜底：露

104谜底：风

105谜底：雾

106谜底：霜

107谜底：雪

108谜底：冰

109谜底：雷

110谜底：闪电

111谜底：水

112谜底：蒸汽

113谜底：云

114谜底：灰尘

115谜底：雪

116谜底：光线

117谜底：风

118谜底：火

119谜底：烟

120谜底：回声

121谜底：露

122谜底：闪电

123谜底：云

124谜底：空气

125谜底：月亮

126谜底：雾

1. 初见成效。
   （打一非洲国家名）

2. 觉醒之地。
   （打一中国城市）

3. 增添收入。
   （打一非洲国家名）

4. 灰尘吹来。
   （打一非洲国家名）

5. 爱看斗牛。
   （打一非洲地名）

6 好汉。
（打一欧洲国家名）

7 举头望明月。
（打一亚洲地名）

8 孔融曰。
（打一亚洲地名）

9 希望你参加劳动。
（打一欧洲地名）

10 银装玉裹冻蓬莱。
（打一欧洲国家名）

11 搜求良驹。
（打一欧洲地名）

12 水陆各半。
（打一拉丁美洲国家名）

13 聪颖快捷。
（打一南美洲国家名）

14 兄长不少。
（打一非洲国家名）

15 悬崖收缰。
（打一北美洲国家名）

16 东面就是四川。
（打一南美洲国家名）

17. 昔日的四川。
（打一北美洲国家名）

18. 零存整取。
（打一北美洲国家名）

19. 双花之园。
（打一欧洲国家名）

20. 他们两人都去了。
（打一亚洲国家名）

21. 精装辞书。
（打一欧洲地名）

22 长鼻盛会。
（打一亚洲地名）

23 翼王故里。
（打一中国城市）

24 大家都笑你。
（打一中国城市）

25 故宫。
（打一亚洲地名）

26 耙地。
（打一亚洲地名）

27 天宫。
（打一亚洲地名）

28. 华丽之邦。
　　（打一北美洲国家名）

29. 船出长江口。
　　（打一中国城市）

30. 银河渡口。
　　（打一中国城市）

31. 久雨初晴。
　　（打一中国城市）

32. 拆信。
　　（打一中国城市）

33. 千里戈壁。
　　（打一中国城市）

315

34 偶有所获。
（打一非洲国家名）

35 双喜临门。
（打一中国城市）

36 夸夸其谈。
（打一中国城市）

37 白日依山尽。
（打一中国城市）

38 圆规画蛋。
（打一中国城市）

笑话乐翻天

生物课上，老师提问："青蛙和癞蛤蟆有什么区别？"

张三回答："青蛙是保守派，坐井观天；而癞蛤蟆是革新派，想吃天鹅肉。"

39. 快乐之地。
（打一中国城市）

40. 今天。
（打一亚洲国家名）

41. 更加窘困。
（打一亚洲国家名）

42. 四季温暖。
（打一中国城市）

43. 白浪滔滔大江流。
（打一中国城市）

44. 一路平安。
（打一中国城市）

45　八月飘香。
　　（打一中国城市）

46　海中绿洲。
　　（打一中国城市）

47　全面整顿。
　　（打一中国城市）

48　一模一样。
　　（打一中国城市）

49　大力士。
　　（打一中国城市）

50　年年丰收。
　　（打一中国城市）

51   泰山之南。
　　　　（打一中国城市）

52   萤火当灯。
　　　　（打一中国城市）

53   食盐增产。
　　　　（打一湖北地名）

54   不做对不起他人的事。
　　　　（打一中国城市）

55   欧洲平安无事。
　　　　（打一中国城市）

56. 倾盆大雨。
（打一中国城市）

57. 大楼入口。
（打一中国城市）

58. 鱼虾增产。
（打一广东地名）

59. 欢呼新中国成立六十周年。
（打二油田名）

60. 洙。
（打一中国城市）

61. 金银铜铁。
（打一中国城市）

62 平安之地。
（打一中国城市）

63 东西北三面堵塞。
（打一中国城市）

64 脑袋缠绷带。
（打一中国城市）

65 风平浪静。
（打一中国城市）

66 不冷不热。
（打一中国城市）

笑话
乐翻天

老师："乔尼，学生守则一共几条？"
乔尼："十条。"
老师："如果你破坏了其中的一条——"
乔尼："那还有九条！"

67. 和平城市。
（打一江西地名）

68. 空中码头。
（打一中国城市）

69. 两个胖子。
（打一中国城市）

70. 全民炼钢。
（打一中国城市）

71. 珍珠港。
（打一中国城市）

72. 日上头顶。
（打一河北地名）

73　水陆要塞。
　　（打一河北地名）

74　翘首京华。
　　（打一河北地名）

75　谈天的都市。
　　（打一中国城市）

76　航空信。
　　（打一中国城市）

77　长江、珠江、黄河、淮河。
　　（打一中国省名）

78 宝地。
（打一中国省名）

79 红河。
（打一贵州地名）

80 藕塘。
（打一北京地名）

81 春水碧如蓝。
（打一中国省名）

82 宝树丛丛。
（打一中国省名）

才子与字谜

　　明朝有三位才子，祝枝山、唐伯虎和文徵明，他们是非常要好的朋友。他们常在一起饮酒谈笑。有一天，他们相约来到一个酒楼，祝枝山和两位朋友说："咱们来猜谜吧，猜不出的就请客，岂不是很有趣？"两位朋友都表示赞同。

　　祝枝山说了一个谜："古代有，现代无。商周有，秦汉无。唐朝有，宋朝无。"原来，他是要两位朋友猜字谜。

　　唐伯虎不慌不忙地接话说："善人有，恶人无。智者有，愚者无。听者有，看者无。"

　　文徵明笑道："你把谜底编成字谜了，好生厉害！我的答案是——高个有，矮个无。嘴上有，头上无。"

　　唐伯虎和祝枝山听了大笑起来。

　　原来，他们猜的这个字，是一个"口"字。

谜语答案

1谜底：刚果

2谜底：苏州

3谜底：加纳

4谜底：埃及

5谜底：好望角

6谜底：瑞士

7谜底：仰光

8谜底：北海道

9谜底：巴尔干

10谜底：冰岛

11谜底：罗马

12谜底：海地

13谜底：智利

14谜底：多哥

15谜底：危地马拉

16谜底：巴西

17谜底：古巴

18谜底：加拿大

19谜底：荷兰

20谜底：也门

21谜底：雅典

22谜底：万象

23谜底：石家庄

24谜底：齐齐哈尔

25谜底：名古屋

26谜底：平壤

27谜底：神户

28谜底：美国

29谜底：上海

30谜底：天津

31谜底：贵阳

32谜底：开封

33谜底：长沙

34谜底：乍得

35谜底：重庆

36谜底：海口

37谜底：洛阳

38谜底：太原

39谜底：福州

40谜底：日本

41谜底：越南

42谜底：长春

43谜底：银川

44谜底：旅顺

45谜底：桂林

46谜底：青岛

47谜底：大理

48谜底：大同

49谜底：武汉

50谜底：常熟

51谜底：岳阳

52谜底：昆明

53谜底：咸丰

54谜底：遵义

55谜底：西宁

56谜底：天水

57谜底：厦门

58谜底：海丰

59谜底：大庆、胜利

60谜底：赤水

61谜底：无锡

62谜底：泰州

63谜底：南通

64谜底：包头

65谜底：宁波

66谜底：温州

67谜底：宁都

68谜底：连云港

69谜底：合肥

70谜底：大冶

71谜底：蚌埠

72谜底：高阳

73谜底：山海关

74谜底：望都

75谜底：聊城

76谜底：高邮

77谜底：四川

78谜底：贵州

79谜底：赤水

80谜底：莲花池

81谜底：青海

82谜底：吉林